AUS DER GESCHICHTE EINER INFANTILEN NEUROSE

SIGMUND FREUD

I

VORBEMERKUNGEN

Der Krankheitsfall, über welchen ich hier – wiederum nur in fragmentarischer Weise – berichten werde, ist durch eine Anzahl von Eigentümlichkeiten ausgezeichnet, welche zu ihrer Hervorhebung vor der Darstellung auffordern. Er betrifft einen jungen Mann, welcher in seinem achtzehnten Jahr nach einer gonorrhoischen Infektion als krank zusammenbrach und gänzlich abhängig und existenzunfähig war, als er mehrere Jahre später in psychoanalytische Behandlung trat. Das Jahrzehnt seiner Jugend vor dem Zeitpunkt der Erkrankung hatte er in annähernd normaler Weise durchlebt und seine Mittelschulstudien ohne viel Störung erledigt. Aber seine früheren Jahre waren von einer schweren neurotischen Störung beherrscht gewesen, welche knapp vor seinem vierten Geburtstag als Angsthysterie (Tierphobie) begann, sich dann in eine Zwangsneurose mit religiösem Inhalt umsetzte und mit ihren Ausläufern bis in sein zehntes Jahr hineinreichte.

Nur diese infantile Neurose wird der Gegenstand meiner Mitteilungen sein. Trotz der direkten Aufforderung des Patienten habe ich es abgelehnt, die vollständige Geschichte seiner Erkrankung, Behandlung und Herstellung zu schreiben, weil ich diese Aufgabe als technisch undurchführbar und sozial unzulässig erkannte. Damit fällt auch die Möglichkeit weg, den Zusammenhang zwischen seiner infantilen und seiner späteren definitiven Erkrankung aufzuzeigen. Ich kann von dieser letzteren nur angeben, daß der Kranke ihretwegen lange Zeit in deutschen Sanatorien zugebracht hat und damals von der zuständigsten Stelle als ein Fall von »manisch-depressivem Irresein« klassifiziert worden ist. Diese Diagnose traf sicherlich für den Vater des Patienten zu, dessen an Tätigkeit und Interessen reiches Leben durch wiederholte Anfälle von schwerer Depression gestört worden war. An dem Sohne selbst habe ich bei mehrjähriger Beobachtung keinen Stimmungswandel beobachten können, der an Intensität und nach den Bedingungen seines Auftretens über die ersichtliche psychische Situation hinausgegangen wäre. Ich habe mir die Vorstellung gebildet, daß dieser Fall sowie viele andere, die von der klinischen Psychiatrie mit mannigfaltigen und wechselnden Diagnosen belegt werden, als Folgezustand nach einer spontan abgelaufenen, mit Defekt ausgeheilten Zwangsneurose aufzufassen ist.

Meine Beschreibung wird also von einer infantilen Neurose handeln, die nicht während ihres Bestandes, sondern erst fünfzehn Jahre nach ihrem Ablauf analysiert worden ist. Diese Situation hat ihre Vorzüge ebensowohl wie ihre Nachteile im Vergleiche mit der anderen. Die Analyse, die man am neurotischen Kind selbst vollzieht, wird von vornherein vertrauenswürdiger erscheinen, aber sie kann nicht sehr inhaltsreich sein; man muß dem Kind zuviel Worte und Gedanken leihen und wird vielleicht doch die tiefsten Schichten undurchdringlich für das Bewußtsein finden. Die Analyse der Kindheitserkrankung durch das Medium der Erinnerung bei dem Erwachsenen und geistig Gereiften ist von diesen Einschränkungen frei; aber man wird die Verzerrung und Zurichtung in Rechnung bringen, welcher die eigene Vergangenheit beim Rückblick aus späterer Zeit unterworfen ist. Der erste Fall gibt vielleicht die überzeugenderen Resultate, der zweite ist der bei weitem lehrreichere.

Auf alle Fälle darf man aber behaupten, daß Analysen von kindlichen Neurosen ein besonders hohes theoretisches Interesse beanspruchen können. Sie leisten für das richtige Verständnis der Neurosen Erwachsener ungefähr soviel wie die Kinderträume für die Träume der Erwachsenen. Nicht etwa, daß sie leichter zu durchschauen oder ärmer an Elementen wären; die Schwierigkeit der Einfühlung ins kindliche Seelenleben macht sie sogar zu einem besonders harten Stück

Arbeit für den Arzt. Aber es sind doch in ihnen so viele der späteren Auflagerungen weggefallen, daß das Wesentliche der Neurose unverkennbar hervortritt. Der Widerstand gegen die Ergebnisse der Psychoanalyse hat bekanntlich in der gegenwärtigen Phase des Kampfes um die Psychoanalyse eine neue Form angenommen. Man begnügte sich früher damit, den von der Analyse behaupteten Tatsachen die Wirklichkeit zu bestreiten, wozu eine Vermeidung der Nachprüfung die beste Technik schien. Dies Verfahren scheint sich nun langsam zu erschöpfen; man schlägt jetzt den anderen Weg ein, die Tatsachen anzuerkennen, aber die Folgerungen, die sich aus ihnen ergeben, durch Umdeutungen zu beseitigen, so daß man sich der anstößigen Neuheiten doch wieder erwehrt hat. Das Studium der kindlichen Neurosen erweist die volle Unzulänglichkeit dieser seichten oder gewaltsamen Umdeutungsversuche. Es zeigt den überragenden Anteil der so gern verleugneten libidinösen Triebkräfte an der Gestaltung der Neurose auf und läßt die Abwesenheit fernliegender kultureller Zielstrebungen erkennen, von denen das Kind noch nichts weiß, und die ihm darum nichts bedeuten können.

Ein anderer Zug, welcher die hier mitzuteilende Analyse der Aufmerksamkeit empfiehlt, hängt mit der Schwere der Erkrankung und der Dauer ihrer Behandlung zusammen. Die in kurzer Zeit zu einem günstigen Ausgang führenden Analysen werden für das Selbstgefühl des Therapeuten wertvoll sein und die ärztliche Bedeutung der Psychoanalyse dartun; für die Förderung der wissenschaftlichen Erkenntnis bleiben sie meist belanglos. Man lernt nichts Neues aus ihnen. Sie sind ja nur darum so rasch geglückt, weil man bereits alles wußte, was zu ihrer Erledigung notwendig war. Neues kann man nur aus Analysen erfahren, die besondere Schwierigkeiten bieten, zu deren Überwindung man dann viel Zeit verbraucht. Nur in diesen Fällen erreicht man es, in die tiefsten und primitivsten Schichten der seelischen Entwicklung herabzusteigen und von dort die Lösungen für die Probleme der späteren Gestaltungen zu holen. Man sagt sich dann, daß, strenggenommen, erst die Analyse, welche so weit vorgedrungen ist, diesen Namen verdient. Natürlich belehrt ein einzelner Fall nicht über alles, was man wissen möchte. Richtiger gesagt, er könnte alles lehren, wenn man nur imstande wäre, alles aufzufassen, und nicht durch die Ungeübtheit der eigenen Wahrnehmung genötigt wäre, sich mit wenigem zu begnügen.

An solchen fruchtbringenden Schwierigkeiten ließ der hier zu beschreibende Krankheitsfall nichts zu wünschen übrig. Die ersten Jahre der Behandlung erzielten kaum eine Änderung. Eine glückliche Konstellation fügte es, daß trotzdem alle äußeren Verhältnisse die Fortsetzung des therapeutischen Versuches ermöglichten. Ich kann mir leicht denken, daß bei weniger günstigen Umständen die Behandlung nach einiger Zeit aufgegeben worden wäre. Für den Standpunkt des Arztes kann ich nur aussagen, daß er sich in solchem Falle ebenso »zeitlos« verhalten muß wie das Unbewußte selbst, wenn er etwas erfahren und erzielen will. Das bringt er schließlich zustande, wenn er auf kurzsichtigen therapeutischen Ehrgeiz zu verzichten vermag. Das Ausmaß von Geduld, Gefügigkeit, Einsicht und Zutrauen, welches von Seiten des Kranken und seiner Angehörigen erforderlich ist, wird man in wenigen anderen Fällen erwarten dürfen. Der Analytiker darf sich aber sagen, daß die Ergebnisse, welche er an einem Falle in so langer Arbeit gewonnen hat, nun dazu verhelfen werden, die Behandlungsdauer einer nächsten, ebenso schweren Erkrankung wesentlich zu verkürzen und so die Zeitlosigkeit des Unbewußten fortschreitend zu überwinden, nachdem man sich ihr ein erstes Mal unterworfen hat.

Der Patient, mit dem ich mich hier beschäftige, blieb lange Zeit hinter einer Einstellung von gefügiger Teilnahmslosigkeit unangreifbar verschanzt. Er hörte zu, verstand und ließ sich nichts nahekommen. Seine untadelige Intelligenz war wie abgeschnitten von den triebhaften Kräften, welche sein Benehmen in den wenigen ihm übriggebliebenen Lebensrelationen beherrschten. Es bedurfte einer langen Erziehung, um ihn zu bewegen, einen selbständigen Anteil an der Arbeit zu nehmen, und als infolge dieser Bemühung die ersten Befreiungen auftraten, stellte er sofort die Arbeit ein, um weitere Veränderungen zu verhüten und sich in der hergestellten Situation behaglich zu erhalten. Seine Scheu vor einer selbständigen Existenz war so groß, daß sie alle Beschwerden des Krankseins aufwog. Es fand sich ein einziger Weg, um sie zu überwinden. Ich mußte warten, bis die Bindung an meine Person stark genug geworden war, um ihr das Gleichgewicht zu halten, dann spielte ich diesen einen Faktor gegen den anderen aus. Ich bestimmte, nicht ohne mich durch gute Anzeichen der Rechtzeitigkeit leiten zu lassen, daß die Behandlung zu einem gewissen Termin abgeschlossen werden müsse, gleichgültig, wie weit sie vorgeschritten sei. Diesen Termin war ich einzuhalten entschlossen; der Patient glaubte endlich an meinen Ernst. Unter dem unerbittlichen Druck dieser Terminsetzung gab sein Widerstand, seine Fixierung ans Kranksein nach, und die Analyse lieferte nun in unverhältnismäßig kurzer Zeit all das Material, welches die Lösung seiner Hemmungen und die Aufhebung seiner Symptome ermöglichte. Aus dieser letzten Zeit der Arbeit, in welcher der Widerstand zeitweise verschwunden war und der Kranke den Eindruck einer sonst nur in der Hypnose erreichbaren Luzidität machte, stammen auch alle die Aufklärungen, welche mir das Verständnis seiner infantilen Neurose gestatteten.

So illustrierte der Verlauf dieser Behandlung den von der analytischen Technik längst gewürdigten Satz, daß die Länge des Weges, welchen die Analyse mit dem Patienten zurückzulegen hat, und die Fülle des Materials, welches auf diesem Wege zu bewältigen ist, nicht in Betracht kommen gegen den Widerstand, den man während der Arbeit antrifft, und nur soweit in Betracht kommen, als sie dem Widerstände notwendigerweise proportional sind. Es ist derselbe Vorgang, wie wenn jetzt eine feindliche Armee Wochen und Monate verbraucht, um eine Strecke Landes zu durchziehen, die sonst in friedlichen Zeiten in wenigen Schnellzugsstunden durchfahren wird, und die von der eigenen Armee kurz vorher in einigen Tagen zurückgelegt wurde.

Eine dritte Eigentümlichkeit der hier zu beschreibenden Analyse hat nur den Entschluß, sie mitzuteilen, weiterhin erschwert. Die Ergebnisse derselben haben sich im ganzen mit unserem bisherigen Wissen befriedigend gedeckt oder guten Anschluß daran gefunden. Manche Einzelheiten sind mir aber selbst so merkwürdig und unglaubwürdig erschienen, daß ich Bedenken trug, bei anderen um Glauben für sie zu werben. Ich habe den Patienten zur strengsten Kritik seiner Erinnerungen aufgefordert, aber er fand nichts Unwahrscheinliches an seinen Aussagen und hielt an ihnen fest. Die Leser mögen wenigstens überzeugt sein, daß ich selbst nur berichte, was mir als unabhängiges Erlebnis, unbeeinflußt durch meine Erwartung, entgegengetreten ist. So blieb mir denn nichts übrig, als mich des weisen Wortes zu erinnern, es gebe mehr Dinge zwischen Himmel und Erde, als unsere Schulweisheit sich träumen läßt. Wer es verstünde, seine mitgebrachten Überzeugungen noch gründlicher auszuschalten, könnte gewiß noch mehr von solchen Dingen entdecken.

II

ÜBERSICHT DES MILIEUS UND DER KRANKENGESCHICHTE

Ich kann die Geschichte meines Patienten weder rein historisch noch rein pragmatisch schreiben, kann weder eine Behandlungs- noch eine Krankengeschichte geben, sondern werde mich genötigt sehen, die beiden Darstellungsweisen miteinander zu kombinieren. Es hat sich bekanntlich kein Weg gefunden, um die aus der Analyse resultierende Überzeugung in der Wiedergabe derselben irgendwie unterzubringen. Erschöpfende protokollarische Aufnahmen der Vorgänge in den Analysenstunden würden sicherlich nichts dazu leisten; ihre Anfertigung ist auch durch die Technik der Behandlung ausgeschlossen. Man publiziert also solche Analysen nicht, um Überzeugung bei denen hervorzurufen, die sich bisher abweisend und ungläubig verhalten haben. Man erwartet nur solchen Forschern etwas Neues zu bringen, die sich durch eigene Erfahrungen an Kranken bereits Überzeugungen erworben haben.

Ich werde damit beginnen, die Welt des Kindes zu schildern und von seiner Kindheitsgeschichte mitzuteilen, was ohne Anstrengung zu erfahren war und mehrere Jahre hindurch nicht vollständiger und nicht durchsichtiger wurde.

Jung verheiratete Eltern, die noch eine glückliche Ehe führen, auf welche bald ihre Erkrankungen die ersten Schatten werfen, die Unterleibskrankheiten der Mutter und die ersten Verstimmungsanfälle des Vaters, die seine Abwesenheit vom Hause zur Folge hatten. Die Krankheit des Vaters lernt der Patient natürlich erst sehr viel später verstehen, die Kränklichkeit der Mutter wird ihm schon in frühen Kinderjahren bekannt. Sie gab sich darum verhältnismäßig wenig mit den Kindern ab. Eines Tages, gewiß vor seinem vierten Jahr, hört er, von der Mutter an der Hand geführt, die Klagen der Mutter an den Arzt mit an, den sie vom Hause weg begleitet, und prägt sich ihre Worte ein, um sie später für sich selbst zu verwenden. Er ist nicht das einzige Kind; vor ihm steht eine um zwei Jahre ältere Schwester, lebhaft, begabt, und voreilig schlimm, der eine große Rolle in seinem Leben zufällt.

Eine Kinderfrau betreut ihn, soweit er sich zurückerinnert, ein ungebildetes altes Weib aus dem Volke, von unermüdlicher Zärtlichkeit für ihn. Er ist ihr der Ersatz für einen eigenen früh verstorbenen Sohn. Die Familie lebt auf einem Landgut, welches im Sommer mit einem anderen vertauscht wird. Die große Stadt ist von beiden Gütern nicht weit. Es ist ein Abschnitt in seiner Kindheit, als die Eltern die Güter verkaufen und in die Stadt ziehen. Nahe Verwandte halten sich oft für lange Zeiten auf diesem oder jenem Gut auf, Brüder des Vaters, Schwestern der Mutter und deren Kinder, die Großeltern von Mutterseite. Im Sommer pflegen die Eltern auf einige Wochen zu verreisen. Eine Deckerinnerung zeigt ihm, wie er mit seiner Kinderfrau dem Wagen nachschaut, der Vater, Mutter und Schwester entführt, und darauf friedlich ins Haus zurückgeht. Er muß damals sehr klein gewesen sein. Im nächsten Sommer wurde die Schwester zu Hause gelassen und eine englische Gouvernante aufgenommen, der die Oberaufsicht über die Kinder zufiel.

In späteren Jahren war ihm viel von seiner Kindheit erzählt worden. Vieles wußte er selbst, aber natürlich ohne zeitlichen oder inhaltlichen Zusammenhang. Eine dieser Überlieferungen, die aus Anlaß seiner späteren Erkrankung ungezählte Male vor ihm wiederholt worden war, macht uns mit dem Problem bekannt, dessen Lösung uns beschäftigen wird. Er soll zuerst ein sehr sanftes, gefügiges und eher ruhiges Kind gewesen sein, so daß man zu sagen pflegte, er hätte das Mädchen werden sollen und die ältere Schwester der Bub. Aber einmal, als die Eltern von der Sommerreise zurückkamen, fanden sie ihn verwandelt. Er war unzufrieden, reizbar, heftig geworden, fand sich durch jeden Anlaß gekränkt, tobte dann und schrie wie ein Wilder, so daß die Eltern, als der Zustand andauerte, die Besorgnis äußerten, es werde nicht möglich sein, ihn später einmal in die Schule zu schicken. Es war der Sommer, in dem die englische Gouvernante anwesend war, die sich als eine närrische, unverträgliche, übrigens dem Trunke ergebene Person erwies. Die Mutter war darum geneigt, die Charakterveränderung des Knaben mit der Einwirkung dieser Engländerin zusammenzubringen, und nahm an, sie habe ihn durch ihre Behandlung gereizt. Die scharfsichtige Großmutter, die den Sommer mit den Kindern geteilt hatte, vertrat die Ansicht, daß die Reizbarkeit des Knaben durch die Zwistigkeiten zwischen der Engländerin und der Kinderfrau hervorgerufen sei. Die Engländerin hatte die Kinderfrau wiederholt eine Hexe geheißen, sie gezwungen, das Zimmer zu verlassen; der Kleine hatte offen die Partei seiner geliebten »Nanja« genommen und der Gouvernante seinen Haß bezeigt. Wie dem sein mochte, die Engländerin wurde bald nach der Rückkehr der Eltern weggeschickt, ohne daß sich am unleidlichen Wesen des Kindes etwas änderte.

Die Erinnerung an diese schlimme Zeit ist bei dem Patienten erhalten geblieben. Er meint, die erste seiner Szenen habe er gemacht, als er einmal zu Weihnachten nicht doppelt beschenkt wurde, wie ihm gebührt hätte, weil der Weihnachtstag gleichzeitig sein Geburtstag war. Mit seinen Ansprüchen und Empfindlichkeiten verschonte er auch die geliebte Nanja nicht, ja quälte vielleicht sie am unerbittlichsten. Aber diese Phase der Charakterveränderung ist in seiner Erinnerung unlösbar verknüpft mit vielen anderen sonderbaren und krankhaften Erscheinungen, die er zeitlich nicht anzuordnen weiß. Er wirft all das, was jetzt berichtet werden soll, was unmöglich gleichzeitig gewesen sein kann und voll inhaltlichen Widerspruchs ist, in einen und denselben Zeitraum, den er »noch auf dem ersten Gut« benennt. Mit fünf Jahren, glaubt er, hätten sie dieses Gut verlassen. Er weiß also zu erzählen, daß er an einer Angst gelitten, welche sich seine Schwester zunutze machte, um ihn zu quälen. Es gab ein gewisses Bilderbuch, in dem ein Wolf dargestellt war, aufrecht stehend und ausschreitend. Wenn er dieses Bild zu Gesicht bekam, fing er an wie rasend zu schreien, er fürchtete sich, der Wolf werde kommen und ihn auffressen. Die Schwester wußte es aber immer so einzurichten, daß er dieses Bild sehen mußte, und ergötzte sich an seinem Schrecken. Er fürchtete sich indes auch vor anderen Tieren, großen und kleinen. Einmal jagte er einem schönen großen Schmetterling mit gelb gestreiften Flügeln, die in Zipfel ausliefen, nach, um ihn zu fangen. (Es war wohl ein »Schwalbenschwanz«.) Plötzlich faßte ihn entsetzliche Angst vor dem Tier, er gab die Verfolgung schreiend auf. Auch vor Käfern und Raupen hatte er Angst und Abscheu. Doch wußte er sich zu erinnern, daß er um dieselbe Zeit Käfer gequält und Raupen zerschnitten; auch Pferde waren ihm unheimlich. Wenn ein Pferd geschlagen wurde, schrie er auf und mußte deswegen einmal den Zirkus verlassen. Anderemale liebte er es selbst, Pferde zu schlagen. Ob diese entgegengesetzten Arten des Verhaltens gegen Tiere wirklich gleichzeitig in Kraft gewesen, oder ob sie einander nicht vielmehr abgelöst hatten, dann aber, in welcher Folge und wann, das ließ seine Erinnerung nicht entscheiden. Er konnte auch nicht sagen, ob seine schlimme Zeit durch eine Phase von Krankheit ersetzt worden war oder sich durch diese hindurch fortgesetzt hatte. Jedenfalls war man durch seine nun folgenden Mitteilungen zur Annahme berechtigt, daß er in jenen Kinderjahren eine sehr gut kenntliche Erkrankung an Zwangsneurose durchgemacht hatte. Er erzählte, er sei eine lange Zeit hindurch sehr fromm gewesen. Vor dem Einschlafen mußte er lange beten und eine unendliche Reihe von Kreuzen schlagen. Er pflegte auch abends mit einem Sessel, auf den er stieg, die Runde vor allen Heiligenbildern zu machen, die im Zimmer hingen, und jedes einzelne andächtig zu küssen. Zu diesem frommen Zeremoniell stimmte es dann sehr schlecht – oder vielleicht doch ganz gut –, daß er sich an gotteslästerliche Gedanken erinnerte, die ihm wie eine Eingebung des Teufels in den Sinn kamen. Er mußte denken: Gott – Schwein oder Gott – Kot. Irgendeinmal auf einer Reise in einen deutschen Badeort war er von dem Zwang gequält, an die heilige Dreieinigkeit zu denken, wenn er drei Häufchen Pferdemist oder anderen Kot auf der Straße liegen sah. Damals befolgte er auch ein eigentümliches Zeremoniell, wenn er Leute sah, die ihm leid taten, Bettler, Krüppel, Greise. Er mußte geräuschvoll ausatmen, um nicht so zu werden wie sie, unter gewissen anderen Bedingungen auch den Atem kräftig einziehen. Es lag mir natürlich nahe anzunehmen, daß diese deutlich zwangsneurotischen Symptome einer etwas späteren Zeit und Entwicklungsstufe angehörten als die Zeichen von Angst und die grausamen Handlungen gegen Tiere.

Die reiferen Jahre des Patienten waren durch ein sehr ungünstiges Verhältnis zu seinem Vater bestimmt, der damals nach wiederholten Anfällen von Depression die krankhaften Seiten seines

Charakters nicht verbergen konnte. In den ersten Kinderjahren war dies Verhältnis ein sehr zärtliches gewesen, wie die Erinnerung des Sohnes bewahrt hatte. Der Vater hatte ihn sehr lieb und spielte gerne mit ihm. Er war von klein auf stolz auf den Vater und äußerte nur, er wolle so ein Herr werden wie der. Die Nanja hatte ihm gesagt, die Schwester sei das Kind der Mutter, er aber das des Vaters, womit er sehr zufrieden war. Zu Ausgang der Kindheit war eine Entfremdung zwischen ihm und dem Vater eingetreten. Der Vater zog die Schwester unzweifelhaft vor, und er war sehr gekränkt darüber. Später wurde die Angst vor dem Vater dominierend.

Gegen das achte Jahr etwa verschwanden alle die Erscheinungen, die der Patient der mit der Schlimmheit beginnenden Lebensphase zurechnet. Sie verschwanden nicht mit einem Schlage, sondern kehrten einige Male wieder, wichen aber endlich, wie der Kranke meint, dem Einfluß der Lehrer und Erzieher, die dann an die Stelle der weiblichen Pflegepersonen traten. Dies also sind im knappsten Umriß die Rätsel, deren Lösung der Analyse aufgegeben wurde: Woher rührte die plötzliche Charakterveränderung des Knaben, was bedeuteten seine Phobie und seine Perversitäten, wie kam er zu seiner zwanghaften Frömmigkeit, und wie hängen alle diese Phänomene zusammen? Ich erinnere nochmals daran, daß unsere therapeutische Arbeit einer späteren rezenten neurotischen Erkrankung galt und daß Aufschlüsse über jene früheren Probleme sich nur ergeben konnten, wenn der Verlauf der Analyse für eine Zeit von der Gegenwart abführte, um uns zu dem Umweg durch die kindliche Urzeit zu nötigen.

III

DIE VERFÜHRUNG UND IHRE NÄCHSTEN FOLGEN

Die nächste Vermutung richtete sich begreiflicherweise gegen die englische Gouvernante, während deren Anwesenheit die Veränderung des Knaben aufgetreten war. Es waren zwei an sich unverständliche Deckerinnerungen erhalten, die sich auf sie bezogen. Sie hatte einmal, als sie vorausging, zu den Nachkommenden gesagt: Schauen Sie doch auf mein Schwänzchen! Ein andermal war ihr auf einer Fahrt der Hut weggeflogen zur großen Befriedigung der Geschwister. Das deutete auf den Kastrationskomplex hin und gestattete etwa die Konstruktion, eine von ihr an den Knaben gerichtete Drohung hätte zur Entstehung seines abnormen Benehmens viel beigetragen. Es ist ganz ungefährlich, solche Konstruktionen den Analysierten mitzuteilen, sie schaden der Analyse niemals, wenn sie irrig sind, und man spricht sie doch nicht aus, wenn man nicht Aussicht hat, irgendeine Annäherung an die Wirklichkeit durch sie zu erreichen. Als nächste Wirkung dieser Aufstellung traten Träume auf, deren Deutung nicht vollkommen gelang, die aber immer um denselben Inhalt zu spielen schienen. Es handelte sich in ihnen, soweit man sie verstehen konnte, um aggressive Handlungen des Knaben gegen die Schwester oder gegen die Gouvernante und um energische Zurechtweisungen und Züchtigungen dafür. Als hätte er . . . nach dem Bad . . . die Schwester entblößen . . . ihr die Hüllen . . . oder Schleier . . . abreißen wollen und ähnliches. Es gelang aber nicht, aus der Deutung einen sicheren Inhalt zu gewinnen, und als man den Eindruck empfangen hatte, es werde in diesen Träumen das nämliche Material in immer wieder wechselnder Weise verarbeitet, war die Auffassung dieser angeblichen Reminiszenzen gesichert. Es konnte sich nur um Phantasien handeln, die der Träumer irgendeinmal, wahrscheinlich in den Pubertätsjahren, über seine Kindheit gemacht hatte und die jetzt in so schwer kenntlicher Form wieder aufgetaucht waren.

Ihr Verständnis ergab sich mit einem Schlage, als der Patient sich plötzlich der Tatsache besann, die Schwester habe ihn ja, »als er noch sehr klein war, auf dem ersten Gut«, zu sexuellen Tätlichkeiten verführt. Zunächst kam die Erinnerung, daß sie auf dem Abort, den die Kinder häufig gemeinsam benützten, die Aufforderung vorgebracht: Wollen wir uns den Popo zeigen, und dem Wort auch die Tat habe folgen lassen. Späterhin stellte sich das Wesentlichere der Verführung mit allen Einzelheiten der Zeit und der Lokalität ein. Es war im Frühjahr, zu einer Zeit, da der Vater abwesend war; die Kinder spielten auf dem Boden in einem Raum, während im benachbarten die Mutter arbeitete. Die Schwester hatte nach seinem Glied gegriffen, damit gespielt und dabei unbegreifliche Dinge über die Nanja wie zur Erklärung gesagt. Die Nanja tue dasselbe mit allen Leuten, z. B. mit dem Gärtner, sie stelle ihn auf den Kopf und greife dann nach seinen Genitalien.

Damit war das Verständnis der vorhin erratenen Phantasien gegeben. Sie sollten die Erinnerung an einen Vorgang, welcher später dem männlichen Selbstgefühl des Patienten anstößig erschien, verlöschen, und erreichten dieses Ziel, indem sie einen Wunschgegensatz an Stelle der historischen Wahrheit setzten. Nach diesen Phantasien hatte nicht er die passive Rolle gegen die Schwester gespielt, sondern im Gegenteile, er war aggressiv gewesen, hatte die Schwester entblößt sehen wollen, war zurückgewiesen und bestraft worden und darum in die Wut geraten, von der die häusliche Tradition soviel erzählte. Zweckmäßig war es auch, die Gouvernante in diese Dichtung zu verweben, der nun einmal von Mutter und Großmutter die Hauptschuld an seinen Wutanfällen zugeteilt wurde. Diese Phantasien entsprachen also genau der Sagenbildung, durch welche eine später große und stolze Nation die Kleinheit und das Mißgeschick ihrer Anfänge zu verhüllen sucht.

In Wirklichkeit konnte die Gouvernante an der Verführung und ihren Folgen nur einen sehr entlegenen Anteil haben. Die Szenen mit der Schwester fanden im Frühjahr des nämlichen Jahres statt, in dessen Hochsommermonaten die Engländerin als Ersatz der abwesenden Eltern eintrat. Die Feindseligkeit des Knaben gegen die Gouvernante kam vielmehr auf eine andere Weise zustande. Indem sie die Kinderfrau beschimpfte und als Hexe verleumdete, trat sie bei ihm in die Fußstapfen der Schwester, die zuerst jene ungeheuerlichen Dinge von der Kinderfrau erzählt hatte, und gestattete ihm so, an ihr die Abneigung zum Vorschein zu bringen, die sich infolge der Verführung, wie wir hören werden, gegen die Schwester entwickelt hatte.

Die Verführung durch die Schwester war aber gewiß keine Phantasie. Ihre Glaubwürdigkeit wurde durch eine niemals vergessene Mitteilung aus späteren, reifen Jahren erhöht. Ein um mehr als ein Jahrzehnt älterer Vetter hatte ihm in einem Gespräch über die Schwester gesagt, er erinnere sich sehr wohl daran, was für ein vorwitzig sinnliches Ding sie gewesen sei. Als Kind von vier oder fünf Jahren habe sie sich einmal auf seinen Schoß gesetzt und ihm die Hose geöffnet, um nach seinem Glied zu greifen.

Ich möchte jetzt die Kindergeschichte meines Patienten unterbrechen, um von dieser Schwester, ihrer Entwicklung, weiteren Schicksalen und von ihrem Einfluß auf ihn zu sprechen. Sie war zwei Jahre älter als er und ihm immer vorausgeblieben. Als Kind bubenhaft unbändig, schlug sie dann eine glänzende intellektuelle Entwicklung ein, zeichnete sich durch scharfen realistischen Verstand aus, bevorzugte die Naturwissenschaften in ihren Studien, produzierte aber auch Gedichte, die der Vater hoch einschätzte. Ihren zahlreichen ersten Bewerbern war sie geistig sehr überlegen, pflegte sich über sie lustig [zu] machen. In den ersten Zwanzigerjahren aber begann sie verstimmt zu werden, klagte, daß sie nicht schön genug sei, und zog sich von allem Umgang zurück. Auf eine Reise in Begleitung einer befreundeten älteren Dame geschickt, erzählte sie nach ihrer Heimkehr ganz unwahrscheinliche Dinge, wie sie von ihrer Begleiterin mißhandelt worden sei, blieb aber an die vorgebliche Peinigerin offenbar fixiert. Auf einer zweiten Reise bald nachher vergiftete sie sich und starb fern vom Hause. Wahrscheinlich entsprach ihre Affektion dem Beginne einer Dementia praecox. Sie war eine der Zeugen für die ansehnliche neuropathische Heredität in der Familie, keineswegs aber die einzige. Ein Onkel, Vaterbruder, starb nach langen Jahren einer Sonderlingsexistenz unter Zeichen, die auf eine schwere Zwangsneurose schließen lassen; eine gute Anzahl von Seitenverwandten war und ist mit leichteren nervösen Störungen behaftet.

Für unseren Patienten war die Schwester in der Kindheit – von der Verführung zunächst abgesehen – ein unbequemer Konkurrent um die Geltung bei den Eltern, dessen schonungslos gezeigte Überlegenheit er sehr drückend empfand. Er neidete ihr dann besonders den Respekt, den der Vater vor ihren geistigen Fähigkeiten und intellektuellen Leistungen bezeugte, während er, seit seiner Zwangsneurose intellektuell gehemmt, sich mit einer geringen Einschätzung begnügen mußte. Von seinem vierzehnten Jahr an begann das Verhältnis der Geschwister sich zu bessern; ähnliche geistige Anlage und gemeinsame Opposition gegen die Eltern führten sie so weit zusammen, daß sie wie die besten Kameraden miteinander verkehrten. In der stürmischen sexuellen Erregtheit seiner Pubertätszeit wagte er es, eine intime körperliche Annäherung bei ihr zu suchen. Als sie ihn ebenso entschieden als geschickt abgewiesen hatte, wandte er sich von ihr sofort zu einem kleinen Bauernmädchen, das im Hause bedienstet war und den gleichen Namen wie die Schwester trug. Er hatte damit einen für seine heterosexuelle Objektwahl bestimmenden Schritt vollzogen, denn alle die Mädchen, in die er sich dann später, oft unter den deutlichsten Anzeichen des Zwanges, verliebte, waren gleichfalls dienende Personen, deren Bildung und Intelligenz weit hinter der seinigen zurückstehen mußten. Waren alle diese Liebesobjekte Ersatzpersonen für die ihm versagte Schwester, so ist nicht abzuweisen, daß eine Tendenz zur Erniedrigung der Schwester, zur Aufhebung ihrer intellektuellen Überlegenheit, die ihn einst so bedrückt hatte, dabei die Entscheidung über seine Objektwahl bekam.

Motiven dieser Art, die dem Willen zur Macht, dem Behauptungstrieb des Individuums entstammen, hat Alf. Adler wie alles andere so auch das sexuelle Verhalten der Menschen untergeordnet. Ich bin, ohne die Geltung solcher Macht- und Vorrechtsmotive je zu leugnen, nie davon überzeugt gewesen, daß sie die ihnen zugeschriebene dominierende und ausschließliche Rolle spielen können. Hätte ich die Analyse meines Patienten nicht bis zu Ende geführt, so hätte ich die Beobachtung dieses Falles zum Anlaß nehmen müssen, um eine Korrektur meines Vorurteils im Sinne von Adler vorzunehmen. Unerwarteterweise brachte der Schluß dieser Analyse neues Material, aus dem sich wiederum ergab, daß diese Machtmotive (in unserem Falle die Erniedrigungstendenz) die Objektwahl nur im Sinne eines Beitrags und einer Rationalisierung bestimmt hatten, während die eigentliche, tiefere Determinierung mir gestattete, an meinen früheren Überzeugungen festzuhalten.

Als die Nachricht vom Tode der Schwester anlangte, erzählte der Patient, empfand er kaum eine Andeutung von Schmerz. Er zwang sich zu Zeichen von Trauer und konnte sich in aller Kühle darüber freuen, daß er jetzt der alleinige Erbe des Vermögens geworden sei. Er befand sich schon seit mehreren Jahren in seiner rezenten Krankheit, als sich dies zutrug. Ich gestehe aber, daß diese eine Mitteilung mich in der diagnostischen Beurteilung des Falles für eine ganze Weile unsicher machte. Es war zwar anzunehmen, daß der Schmerz über den Verlust des geliebtesten Mitglieds seiner Familie eine Ausdruckshemmung durch die fortwirkende Eifersucht gegen sie und durch die Einmengung der unbewußt gewordenen inzestuösen Verliebtheit erfahren würde, aber auf einen Ersatz für den unterbliebenen Schmerzausbruch vermochte ich nicht zu verzichten. Ein solcher fand sich endlich in einer anderen, ihm unverständlich gebliebenen Gefühlsäußerung. Wenige Monate nach dem Tode der Schwester machte er selbst eine Reise in die Gegend, wo sie gestorben war, suchte dort das Grab eines großen Dichters auf, der damals sein Ideal war, und vergoß heiße Tränen auf diesem Grabe. Dies war eine auch ihn befremdende Reaktion, denn er wußte, daß mehr als zwei Menschenalter seit dem Tode des verehrten Dichters dahingegangen waren. Er verstand sie erst, als er sich erinnerte, daß der Vater die Gedichte der verstorbenen Schwester mit denen des großen Poeten in Vergleich zu bringen pflegte. Einen anderen Hinweis auf die richtige Auffassung dieser scheinbar an den Dichter gerichteten Huldigung hatte er mir durch einen Irrtum in seiner Erzählung gegeben, den ich an dieser Stelle hervorziehen konnte. Er hatte vorher wiederholt angegeben, daß sich die Schwester erschossen habe, und mußte dann berichtigen, daß sie Gift genommen hatte. Der Poet aber war in einem Pistolenduell erschossen worden.

Ich kehre nun zur Geschichte des Bruders zurück, die ich aber von hier ein Stück weit pragmatisch darstellen muß. Als das Alter des Knaben zur Zeit, da die Schwester ihre Verführungsaktionen begann, stellte sich 3¼ Jahre heraus. Es geschah, wie gesagt, im Frühjahr desselben Jahres, in dessen Herbst die Eltern ihn bei ihrer Rückkehr so gründlich verwandelt fanden. Es liegt nun sehr nahe, diese Wandlung mit der unterdes stattgehabten Erweckung seiner Sexualtätigkeit in Zusammenhang zu bringen.

Wie reagierte der Knabe auf die Verlockungen der älteren Schwester? Die Antwort lautet: mit Ablehnung, aber die Ablehnung galt der Person, nicht der Sache. Die Schwester war ihm als Sexualobjekt nicht genehm, wahrscheinlich, weil sein Verhältnis zu ihr bereits durch den Wettbewerb um die Liebe der Eltern im feindseligen Sinne bestimmt war. Er wich ihr aus, und ihre Werbungen nahmen auch bald ein Ende. Aber er suchte an ihrer Statt eine andere, geliebtere Person zu gewinnen, und Mitteilungen der Schwester selbst, die sich auf das Vorbild der Nanja berufen hatte, lenkten seine Wahl auf diese. Er begann also vor der Nanja mit seinem Glied zu spielen, was, wie in so vielen anderen Fällen, wenn die Kinder die Onanie nicht verbergen, als Verführungsversuch aufgefaßt werden muß. Die Nanja enttäuschte ihn, sie machte ein ernstes Gesicht und erklärte, das sei nicht gut. Kinder, die das täten, bekämen an der Stelle eine »Wunde«.

Die Wirkung dieser Mitteilung, die einer Drohung gleichkam, ist nach verschiedenen Richtungen zu verfolgen. Seine Anhänglichkeit an die Nanja wurde dadurch gelockert. Er hätte böse auf sie werden können; später, als seine Wutanfälle einsetzten, zeigte es sich auch, daß er wirklich gegen sie erbittert war. Allein es war für ihn charakteristisch, daß er jede Libidoposition, die er aufgeben sollte, zunächst hartnäckig gegen das Neue verteidigte. Als die Gouvernante auf dem Schauplatz erschien und die Nanja beschimpfte, aus dem Zimmer jagte, ihre Autorität vernichten wollte, übertrieb er vielmehr seine Liebe zu der Bedrohten und benahm sich abweisend und trotzig gegen die angreifende Gouvernante. Nichtsdestoweniger begann er im geheimen ein anderes Sexualobjekt zu suchen. Die Verführung hatte ihm das passive Sexualziel gegeben, an den Genitalien berührt zu werden; wir werden hören, bei wem er dies erreichen wollte, und welche Wege ihn zu dieser Wahl führten.

Es entspricht ganz unseren Erwartungen, wenn wir hören, daß mit seinen ersten genitalen Erregungen seine Sexualforschung einsetzte, und daß er bald auf das Problem der Kastration geriet. Er konnte in dieser Zeit zwei Mädchen, seine Schwester und ihre Freundin, beim Urinieren beobachten. Sein Scharfsinn hätte ihn schon bei diesem Anblicke den Sachverhalt verstehen lassen können, allein er benahm sich dabei, wie wir es von anderen männlichen Kindern wissen. Er lehnte die Idee, daß er hier die von der Nanja angedrohte Wunde bestätigt sehe, ab, und gab sich die Erklärung, das sei der »vordere Popo« der Mädchen. Das Thema der Kastration war mit dieser Entscheidung nicht abgetan; aus allem, was er hörte, entnahm er neue Hindeutungen darauf. Als den Kindern einmal gefärbte Zuckerstangen verteilt wurden, erklärte die Gouvernante, die zu wüsten Phantasien geneigt war, es seien Stücke von zerschnittenen Schlangen. Von da aus erinnerte er sich, daß der Vater einmal auf einem Spazierweg eine Schlange getroffen und sie mit seinem Stocke in Stücke zerschlagen habe. Er hörte die Geschichte (aus *Reineke Fuchs*) vorlesen, wie der Wolf im Winter Fische fangen wollte und seinen Schwanz als Köder benützte, wobei der Schwanz im Eis abbrach. Er erfuhr die verschiedenen Namen, mit denen man je nach der Intaktheit ihres Geschlechts die Pferde bezeichnet. Er war also mit dem Gedanken an die Kastration beschäftigt, aber er hatte noch keinen Glauben daran und keine Angst davor. Andere Sexualprobleme erstanden ihm aus den Märchen, die ihm um diese Zeit bekannt wurden. Im »Rotkäppchen« und in den »Sieben Geißlein« wurden die Kinder aus dem Leib des Wolfs herausgeholt. War der Wolf also ein weibliches Wesen oder konnten auch Männer Kinder im Leib haben? Das war um diese Zeit noch nicht entschieden. Übrigens kannte er zur Zeit dieser Forschung noch keine Angst vor dem Wolf.

Eine der Mitteilungen des Patienten wird uns den Weg zum Verständnis der Charakterveränderung bahnen, die während der Abwesenheit der Eltern im entferntern Anschluß an die Verführung bei ihm hervortrat. Er erzählt, daß er nach der Abweisung und Drohung der Nanja die Onanie sehr bald aufgab. *Das beginnende Sexualleben unter der Leitung der Genitalzone war also einer äußeren Hemmung erlegen und durch deren Einfluß auf eine frühere Phase prägenitaler Organisation zurückgeworfen worden.* Infolge der Unterdrückung der Onanie nahm das Sexualleben des Knaben sadistisch-analen Charakter an. Er wurde reizbar, quälerisch, befriedigte sich in solcher Weise an Tieren und Menschen. Sein Hauptobjekt war die geliebte Nanja, die er zu peinigen verstand, bis sie in Tränen ausbrach. So rächte er sich an ihr für die erfahrene Abweisung und befriedigte gleichzeitig sein sexuelles Gelüste in der der regressiven Phase entsprechenden Form. Er begann Grausamkeit gegen kleine Tiere zu üben, Fliegen zu fangen, um ihnen die Flügel auszureißen, Käfer zu zertreten; in seiner Phantasie liebte er es, auch große Tiere, Pferde, zu schlagen. Das waren also durchwegs aktive, sadistische Betätigungen; von den analen Regungen dieser Zeit wird in einem späteren Zusammenhange die Rede sein.

Es ist sehr wertvoll, daß in der Erinnerung des Patienten auch gleichzeitige Phantasien ganz anderer Art auftauchten, des Inhalts, daß Knaben gezüchtigt und geschlagen wurden, besonders auf den Penis geschlagen; und für wen diese anonymen Objekte als Prügelknaben dienten, läßt sich leicht aus anderen Phantasien erraten, die sich ausmalten, wie der Thronfolger in einen engen Raum eingesperrt und geschlagen wird. Der Thronfolger war offenbar er selbst; der Sadismus hatte sich also in der Phantasie gegen die eigene Person gewendet und war in Masochismus umgeschlagen. Das Detail, daß das Geschlechtsglied selbst die Züchtigung empfing, läßt den Schluß zu, daß bei dieser Umwandlung bereits ein Schuldbewußtsein beteiligt war, welches sich auf die Onanie berief.

Es blieb in der Analyse kein Zweifel, daß diese passiven Strebungen gleichzeitig oder sehr bald nach den aktiv-sadistischen aufgetreten waren. Dies entspricht der ungewöhnlich deutlichen, intensiven und anhaltenden *Ambivalenz* des Kranken, die sich hier zum erstenmal in der gleichmäßigen Ausbildung der gegensätzlichen Partialtriebpaare äußerte. Dieses Verhalten blieb für ihn auch in der Folge ebenso charakteristisch wie der weitere Zug, daß eigentlich keine der jemals geschaffenen Libidopositionen durch eine spätere völlig aufgehoben wurde. Sie blieb vielmehr neben allen anderen bestehen und gestattete ihm ein unausgesetztes Schwanken, welches sich mit dem Erwerb eines fixierten Charakters unvereinbar erwies.

Die masochistischen Strebungen des Knaben leiten zu einem anderen Punkt über, dessen Erwähnung ich mir aufgespart habe, weil er erst durch die Analyse der nächstfolgenden Phase seiner Entwicklung sichergestellt werden kann. Ich erwähnte schon, daß er nach der Abweisung durch die Nanja seine libidinöse Erwartung von ihr löste und eine andere Person als Sexualobjekt in Aussicht nahm. Diese Person war der damals abwesende Vater. Zu dieser Wahl wurde er gewiß durch ein Zusammentreffen von Momenten geführt, auch durch zufällige wie die Erinnerung an die Zerstückelung der Schlange; vor allem aber erneuerte er damit seine erste und ursprünglichste Objektwahl, die sich dem Narzißmus des kleinen Kindes entsprechend auf dem Wege der Identifizierung vollzogen hatte. Wir haben schon gehört, daß der Vater sein bewundertes Vorbild gewesen war, daß er, gefragt, was er werden wollte, zu antworten pflegte: ein Herr wie der Vater. Dies Identifizierungsobjekt seiner aktiven Strömung wurde nun das Sexualobjekt einer passiven Strömung in der sadistisch-analen Phase. Es macht den Eindruck, als hätte ihn die Verführung durch die Schwester in die passive Rolle gedrängt und ihm ein passives Sexualziel gegeben. Unter dem fortwirkenden Einfluß dieses Erlebnisses beschrieb er nun den Weg von der Schwester über die Nanja zum Vater, von der passiven Einstellung zum Weib bis zu der zum Manne und hatte dabei doch die Anknüpfung an seine frühere spontane Entwicklungsphase gefunden. Der Vater war jetzt wieder sein Objekt, die Identifizierung war der höheren Entwicklung entsprechend durch Objektwahl abgelöst, die Verwandlung der aktiven in eine passive Einstellung war der Erfolg und das Zeichen der dazwischen vorgefallenen Verführung. Eine aktive Einstellung gegen den übermächtigen Vater in der sadistischen Phase wäre natürlich nicht so leicht durchführbar gewesen. Als der Vater im Spätsommer oder Herbst zurückkkam, bekamen seine Wutanfälle und Tobszenen eine neue Verwendung. Gegen die Nanja hatten sie aktiv-sadistischen Zwecken gedient; gegen den Vater verfolgten sie masochistische Absichten. Er wollte durch die Vorführung seiner Schlimmheit Züchtigung und Schläge von Seiten des Vaters erzwingen, sich so bei ihm die erwünschte masochistische Sexualbefriedigung holen. Seine Schreianfälle waren also geradezu Verführungsversuche. Der Motivierung des Masochismus entsprechend hätte er bei solcher Züchtigung auch die Befriedigung seines Schuldgefühls gefunden. Eine Erinnerung hat ihm aufbewahrt, wie er während einer solchen Szene von Schlimmheit sein Schreien verstärkt, sobald der Vater zu ihm kommt. Der Vater schlägt ihn aber nicht, sondern sucht ihn zu beschwichtigen, indem er mit den Polstern des Bettchens vor ihm Ball spielt.

Ich weiß nicht, wie oft die Eltern und Erzieher angesichts der unerklärlichen Schlimmheit des Kindes Anlaß hätten, sich dieses typischen Zusammenhanges zu erinnern. Das Kind, das sich so unbändig benimmt, legt ein Geständnis ab und will Strafe provozieren. Es sucht in der Züchtigung gleichzeitig die Beschwichtigung seines Schuldbewußtseins und die Befriedigung seiner masochistischen Sexualstrebung.

Die weitere Klärung unseres Krankheitsfalles verdanken wir nun der mit großer Bestimmtheit auftretenden Erinnerung, daß alle Angstsymptome erst von einem gewissen Vorfall an zu den Zeichen der Charakteränderung hinzugetreten seien. Vorher habe es keine Angst gegeben, und unmittelbar nach dem Vorfall habe sich die Angst in quälender Form geäußert. Der Zeitpunkt dieser Wandlung läßt sich mit Sicherheit angeben, es war knapp vor dem vierten Geburtstag. Die Kinderzeit, mit der wir uns beschäftigen wollten, zerlegt sich dank diesem Anhaltspunkte in zwei Phasen, eine erste der Schlimmheit undPerversität von der Verführung mit 3¼ Jahren bis zum vierten Geburtstag, und eine längere darauffolgende, in der die Zeichen der Neurose vorherrschen. Der Vorfall aber, der diese Scheidung gestattet, war kein äußeres Trauma, sondern ein Traum, aus dem er mit Angst erwachte.

IV

DER TRAUM UND DIE URSZENE

Ich habe diesen Traum wegen seines Gehaltes an Märchenstoffen bereits an anderer Stelle publiziert und werde zunächst das dort Mitgeteilte wiederholen:

»*Ich habe geträumt, daß es Nacht ist und ich in meinem Bett liege, (mein Bett stand mit dem Fußende gegen das Fenster, vor dem Fenster befand sich eine Reihe alter Nußbäume. Ich weiß, es war Winter, als ich träumte, und Nachtzeit). Plötzlich geht das Fenster von selbst auf, und ich sehe mit großem Schrecken, daß auf dem großen Nußbaum vor dem Fenster ein paar weiße Wölfe sitzen. Es waren sechs oder sieben Stück. Die Wölfe waren ganz weiß und sahen eher aus wie Füchse oder Schäferhunde, denn sie hatten große Schwänze wie Füchse und ihre Ohren waren aufgestellt wie bei den Hunden, wenn sie auf etwas passen. Unter großer Angst, offenbar, von den Wölfen aufgefressen zu werden, schrie ich auf und erwachte. Meine Kinderfrau eilte zu meinem Bett, um nachzusehen, was mit mir geschehen war. Es dauerte eine ganze Weile, bis ich überzeugt war, es sei nur ein Traum gewesen, so natürlich und deutlich war mir das Bild vorgekommen, wie das Fenster aufgeht und die Wölfe auf dem Baume sitzen. Endlich beruhigte ich mich, fühlte mich wie von einer Gefahr befreit und schlief wieder ein.*

Die einzige Aktion im Traume war das Aufgehen des Fensters, denn die Wölfe saßen ganz ruhig ohne jede Bewegung auf den Ästen des Baumes, rechts und links vom Stamm und schauten mich an. Es sah so aus, als ob sie ihre ganze Aufmerksamkeit auf mich gerichtet hätten. – Ich glaube, dies war mein erster Angsttraum. Ich war damals drei, vier, höchstens fünf Jahre alt. Bis in mein elftes oder zwölftes Jahr hatte ich von da an immer Angst, etwas Schreckliches im Traume zu sehen.«

Er gibt dann noch eine Zeichnung des Baumes mit den Wölfen, die seine Beschreibung bestätigt. Die Analyse des Traumes fördert nachstehendes Material zu Tage.

Er hat diesen Traum immer in Beziehung zu der Erinnerung gebracht, daß er in diesen Jahren der Kindheit eine ganz ungeheuerliche Angst vor dem Bild eines Wolfes in einem Märchenbuche zeigte. Die ältere, ihm recht überlegene Schwester pflegte ihn zu necken, indem sie ihm unter irgendeinem Vorwand gerade dieses Bild vorhielt, worauf er entsetzt zu schreien begann. Auf diesem Bild stand der Wolf aufrecht, mit einem Fuß ausschreitend, die Tatzen ausgestreckt und die Ohren aufgestellt. Er meint, dieses Bild habe als Illustration zum Märchen vom »Rotkäppchen« gehört.

Warum sind die Wölfe weiß? Das läßt ihn an die Schafe denken, von denen große Herden in der Nähe des Gutes gehalten wurden. Der Vater nahm ihn gelegentlich mit, diese Herden zu besuchen, und er war dann jedesmal sehr stolz und selig. Später – nach eingezogenen Erkundigungen kann es leicht kurz vor der Zeit dieses Traumes gewesen sein – brach unter diesen Schafen eine Seuche aus. Der Vater ließ einen Pasteurschüler kommen, der die Tiere impfte, aber sie starben nach der Impfung noch zahlreicher als vorher.

Wie kommen die Wölfe auf den Baum? Dazu fällt ihm eine Geschichte ein, die er den Großvater erzählen gehört. Er kann sich nicht erinnern, ob vor oder nach dem Traum, aber ihr Inhalt spricht entschieden für das erstere. Die Geschichte lautet: Ein Schneider sitzt in seinem Zimmer bei der Arbeit, da öffnet sich das Fenster und ein Wolf springt herein. Der Schneider schlägt mit der Elle nach ihm – nein, verbessert er sich, packt ihn beim Schwanz und reißt ihm diesen aus, so daß der Wolf erschreckt davonrennt. Eine Weile später geht der Schneider in den Wald und sieht plötzlich ein Rudel Wölfe herankommen, vor denen er sich auf einen Baum flüchtet. Die Wölfe sind zunächst ratlos, aber der Verstümmelte, der unter ihnen ist und sich am Schneider rächen will, macht den Vorschlag, daß einer auf den anderen steigen soll, bis der letzte den Schneider erreicht hat. Er selbst – es ist ein kräftiger Alter – will die Basis dieser Pyramide machen. Die Wölfe tun so, aber der Schneider hat den gezüchtigten Besucher erkannt und ruft plötzlich wie damals: Packt den Grauen beim Schwanz. Der schwanzlose Wolf erschrickt bei dieser Erinnerung, läuft davon und die andern purzeln alle herab.

In dieser Erzählung findet sich der Baum vor, auf dem im Traum die Wölfe sitzen. Sie enthält aber auch eine unzweideutige Anknüpfung an den Kastrationskomplex. Der *alte* Wolf ist vom Schneider um den Schwanz gebracht worden. Die Fuchsschwänze der Wölfe im Traum sind wohl Kompensationen dieser Schwanzlosigkeit.

Warum sind es sechs oder sieben Wölfe? Diese Frage schien nicht zu beantworten, bis ich den Zweifel aufwarf, ob sich sein Angstbild auf das Rotkäppchenmärchen bezogen haben könne. Dies Märchen gibt nur Anlaß zu zwei Illustrationen, zur Begegnung des Rotkäppchens mit dem Wolf im Walde und zur Szene, wo der Wolf mit der Haube der Großmutter im Bette liegt. Es müsse sich also ein anderes Märchen hinter der Erinnerung an das Bild verbergen. Er fand dann bald, daß es nur die Geschichte vom »Wolf und den sieben Geißlein« sein könne. Hier findet sich die Siebenzahl, aber auch die Sechs, denn der Wolf frißt nur sechs Geißlein auf, das siebente versteckt sich im Uhrkasten. Auch das Weiß kommt in dieser Geschichte vor, denn der Wolf läßt sich beim Bäcker die Pfote weiß machen, nachdem ihn die Geißlein bei seinem ersten Besuch an der grauen Pfote erkannt haben. Beide Märchen haben übrigens viel Gemeinsames. In beiden findet sich das Auffressen, das Bauchaufschneiden, die Herausbeförderung der gefressenen Personen, deren Ersatz durch schwere Steine, und endlich kommt in beiden der böse Wolf um. Im Märchen von den Geißlein kommt auch noch der Baum vor. Der Wolf legt sich nach der Mahlzeit unter einen Baum und schnarcht.

Ich werde mich mit diesem Traum wegen eines besonderen Umstandes noch an anderer Stelle beschäftigen müssen und ihn dann eingehender deuten und würdigen. Es ist ja ein erster aus der Kindheit erinnerter Angsttraum, dessen Inhalt im Zusammenhang mit anderen Träumen, die bald nachher erfolgten, und mit gewissen Begebenheiten in der Kinderzeit des Träumers ein

Interesse von ganz besonderer Art wachruft. Hier beschränken wir uns auf die Beziehung des Traumes zu zwei Märchen, die viel Gemeinsames haben, zum »Rotkäppchen« und zum »Wolf und die sieben Geißlein«. Der Eindruck dieser Märchen äußerte sich bei dem kindlichen Träumer in einer richtigen Tierphobie, die sich von anderen ähnlichen Fällen nur dadurch auszeichnete, daß das Angsttier nicht ein der Wahrnehmung leicht zugängliches Objekt war (wie etwa Pferd und Hund), sondern nur aus Erzählung und Bilderbuch gekannt.

Ich werde ein andermal auseinandersetzen, welche Erklärung diese Tierphobien haben und welche Bedeutung ihnen zukommt. Vorgreifend bemerke ich nur, daß diese Erklärung sehr zu dem Hauptcharakter stimmt, welchen die Neurose des Träumers in späteren Lebenszeiten erkennen ließ. Die Angst vor dem Vater war das stärkste Motiv seiner Erkrankung gewesen, und die ambivalente Einstellung zu jedem Vaterersatz beherrschte sein Leben wie sein Verhalten in der Behandlung.

Wenn der Wolf bei meinem Patienten nur der erste Vaterersatz war, so fragt es sich, ob die Märchen vom Wolf, der die Geißlein auffrißt, und vom Rotkäppchen etwas anderes als die infantile Angst vor dem Vater zum geheimen Inhalt haben. Der Vater meines Patienten hatte übrigens die Eigentümlichkeit des »zärtlichen Schimpfens«, die so viele Personen im Umgang mit ihren Kindern zeigen, und die scherzhafte Drohung »ich fress' dich auf« mag in den ersten Jahren, als der später strenge Vater mit dem Söhnlein zu spielen und zu kosen pflegte, mehr als einmal geäußert worden sein. Eine meiner Patientinnen erzählte mir, daß ihre beiden Kinder den Großvater nie liebgewinnen konnten, weil er sie in seinem zärtlichen Spiel zu schrecken pflegte, er werde ihnen den Bauch aufschneiden.

Lassen wir nun all das beiseite, was in diesem Aufsatze der Verwertung des Traumes vorgreift, und kehren wir zu seiner nächsten Deutung zurück. Ich will bemerken, daß diese Deutung eine Aufgabe war, deren Lösung sich durch mehrere Jahre hinzog. Der Patient hatte den Traum sehr frühzeitig mitgeteilt und sehr bald meine Überzeugung angenommen, daß hinter ihm die Verursachung seiner infantilen Neurose verborgen sei. Wir kamen im Laufe der Behandlung oft auf den Traum zurück, aber erst in den letzten Monaten der Kur gelang es, ihn ganz zu verstehen, und zwar dank der spontanen Arbeit des Patienten. Er hatte immer hervorgehoben, daß zwei Momente des Traumes den größten Eindruck auf ihn gemacht hätten, erstens die völlige Ruhe und Unbeweglichkeit der Wölfe und zweitens die gespannte Aufmerksamkeit, mit der sie alle auf ihn schauten. Auch das nachhaltige Wirklichkeitsgefühl, in das der Traum auslief, erschien ihm beachtenswert.

An dies letztere wollen wir anknüpfen. Wir wissen aus den Erfahrungen der Traumdeutung, daß diesem Wirklichkeitsgefühl eine bestimmte Bedeutung zukommt. Es versichert uns, daß etwas in dem latenten Material des Traumes den Anspruch auf Wirklichkeit in der Erinnerung erhebt, also daß der Traum sich auf eine Begebenheit bezieht, die wirklich vorgefallen und nicht bloß phantasiert worden ist. Natürlich kann es sich nur um die Wirklichkeit von etwas Unbekanntem handeln; die Überzeugung z. B., daß der Großvater wirklich die Geschichte vom Schneider und vom Wolf erzählt, oder daß ihm wirklich die Märchen vom Rotkäppchen und von den sieben Geißlein vorgelesen worden waren, könnte sich niemals durch das den Traum überdauernde Wirklichkeitsgefühl ersetzen. Der Traum schien auf eine Begebenheit hinzudeuten, deren Realität so recht im Gegensatz zur Irrealität der Märchen betont wird.

Wenn eine solche unbekannte, d. h. zur Zeit des Traumes bereits vergessene Szene hinter dem Inhalt des Traumes anzunehmen war, so mußte sie sehr früh vorgefallen sein. Der Träumer sagt ja: »ich war, als ich den Traum hatte, drei, vier, höchstens fünf Jahre alt.« Wir können hinzufügen: »und wurde durch den Traum an etwas erinnert, was einer noch früheren Zeit angehört haben mußte.«

Zum Inhalt dieser Szene mußte führen, was der Träumer aus dem manifesten Trauminhalt hervorhob, die Momente des aufmerksamen Schauens und der Bewegungslosigkeit. Wir erwarten natürlich, daß dies Material das unbekannte Material der Szene in irgendeiner Entstellung wiederbringt, vielleicht sogar in der Entstellung zur Gegensätzlichkeit.

Aus dem Rohstoff, welchen die erste Analyse mit dem Patienten ergeben hatte, waren gleichfalls mehrere Schlüsse zu ziehen, die in den gesuchten Zusammenhang einzufügen waren. Hinter der Erwähnung der Schafzucht waren die Belege für seine Sexualforschung zu suchen, deren Interessen er bei seinen Besuchen mit dem Vater befriedigen konnte, aber auch Andeutungen von Todesangst mußten dabei sein, denn die Schafe waren ja zum größten Teil an der Seuche gestorben. Was im Traum das vordringlichste war, die Wölfe auf dem Baume, führte direkt zur Erzählung des Großvaters, an welcher kaum etwas anderes als die Anknüpfung an das Kastrationsthema das Fesselnde und den Traum Anregende gewesen sein konnte.

Wir hatten aus der ersten unvollständigen Analyse des Traumes ferner erschlossen, daß der Wolf ein Vaterersatz sei, so daß dieser erste Angsttraum jene Angst vor dem Vater zum Vorschein gebracht hätte, welche von nun an sein Leben beherrschen sollte. Dieser Schluß selbst war allerdings noch nicht verbindlich. Wenn wir aber als Ergebnis der vorläufigen Analyse zusammenstellen, was sich aus dem vom Träumer gelieferten Material ableitet, so liegen uns etwa folgende Bruchstücke zur Rekonstruktion vor:

Eine wirkliche Begebenheit – aus sehr früher Zeit – Schauen – Unbewegtheit – Sexualprobleme – Kastration – der Vater – etwas Schreckliches.

Eines Tages begann der Patient die Deutung des Traumes fortzusetzen. Die Stelle des Traumes, meinte er, in der es heißt: Plötzlich geht das Fenster von selbst auf, ist durch die Beziehung zum Fenster, an dem der Schneider sitzt, und durch das der Wolf ins Zimmer kommt, nicht ganz aufgeklärt. Es muß die Bedeutung haben: die Augen gehen plötzlich auf. Also ich schlafe und erwache plötzlich, dabei sehe ich etwas: den Baum mit den Wölfen. Dagegen war nichts einzuwenden, aber es ließ weitere Ausnützung zu. Er war erwacht und hatte etwas zu sehen bekommen. Das aufmerksame Schauen, das im Traum den Wölfen zugeschrieben wird, ist vielmehr auf ihn zu schieben. Da hatte an einem entscheidenden Punkte eine Verkehrung stattgefunden, die sich übrigens durch eine andere Verkehrung im manifesten Trauminhalt anzeigt. Es war ja auch eine Verkehrung, wenn die Wölfe auf dem Baum saßen, während sie sich in der Erzählung des Großvaters unten befanden und nicht auf den Baum steigen konnten.

Wenn nun auch das andere vom Träumer betonte Moment durch eine Verkehrung oder Umkehrung entstellt wäre? Dann müßte es anstatt Bewegungslosigkeit (die Wölfe sitzen regungslos da, schauen auf ihn, aber rühren sich nicht) heißen: heftigste Bewegung. Er ist also plötzlich erwacht und hat eine Szene von heftiger Bewegtheit vor sich gesehen, auf die er mit gespannter Aufmerksamkeit schaute. In dem einen Falle bestünde die Entstellung in einer Vertauschung von Subjekt und Objekt, Aktivität und Passivität, angeschaut werden anstatt anschauen, im anderen Falle in einer Verwandlung ins Gegenteil: Ruhe anstatt Bewegtheit.

Einen weiteren Fortschritt im Verständnis des Traumes brachte ein andermal der plötzlich auftauchende Einfall: Der Baum ist der Weihnachtsbaum. Jetzt wußte er, der Traum war kurz vor Weihnachten in der Weihnachtserwartung geträumt worden. Da der Weihnachtstag auch sein Geburtstag war, ließ sich der Zeitpunkt des Traumes und der von ihm ausgehenden Wandlung nun mit Sicherheit feststellen. Es war knapp vor seinem vierten Geburtstag. Er war also eingeschlafen in der gespannten Erwartung des Tages, der ihm eine doppelte Beschenkung bringen sollte. Wir wissen, daß das Kind unter solchen Verhältnissen leicht die Erfüllung seiner Wünsche im Traum antizipiert. Es war also schon Weihnacht im Traume, der Inhalt des Traumes zeigte ihm seine Bescherung, am Baume hingen die für ihn bestimmten Geschenke. Aber anstatt der Geschenke waren es – Wölfe geworden, und der Traum endigte damit, daß er Angst bekam, vom Wolf (wahrscheinlich vom Vater) gefressen zu werden, und seine Zuflucht zur Kinderfrau nahm. Die Kenntnis seiner Sexualentwicklung vor dem Traum macht es uns möglich, die Lücke im Traume auszufüllen und die Verwandlung der Befriedigung in Angst aufzuklären. Unter den traumbildenden Wünschen muß sich, als der stärkste, der nach der sexuellen Befriedigung geregt haben, die er damals vom Vater ersehnte. Der Stärke dieses Wunsches gelang es, die längst vergessene Erinnerungsspur einer Szene aufzufrischen, die ihm zeigen konnte, wie die Sexualbefriedigung durch den Vater aussah, und das Ergebnis war Schreck, Entsetzen vor der Erfüllung dieses Wunsches, Verdrängung der Regung, die sich durch diesen Wunsch dargestellt hatte, und darum Flucht vom Vater weg zur ungefährlicheren Kinderfrau.

Die Bedeutung dieses Weihnachtstermins war in der angeblichen Erinnerung erhalten geblieben, daß er den ersten Wutanfall bekommen, weil er von den Weihnachtsgeschenken unbefriedigt gewesen war. Die Erinnerung zog Richtiges und Falsches zusammen, sie konnte nicht ohne Abänderung recht haben, denn nach den oft wiederholten Aussagen der Eltern war seine Schlimmheit bereits nach deren Rückkehr im Herbst und nicht erst zu Weihnachten aufgefallen, aber das Wesentliche der Beziehungen zwischen mangelnder Liebesbefriedigung, Wut und Weihnachtszeit war in der Erinnerung festgehalten worden.

Welches Bild konnte aber die nächtlicherweise wirkende, sexuelle Sehnsucht heraufbeschworen haben, das imstande war, so intensiv von der gewünschten Erfüllung abzuschrecken? Dieses Bild mußte nach dem Material der Analyse eine Bedingung erfüllen, es mußte geeignet sein, die Überzeugung von der Existenz der Kastration zu begründen. Die Kastrationsangst wurde dann der Motor der Affektverwandlung.

Hier kommt nun die Stelle, an der ich die Anlehnung an den Verlauf der Analyse verlassen muß. Ich fürchte, es wird auch die Stelle sein, an der der Glaube der Leser mich verlassen wird.

Was in jener Nacht aus dem Chaos der unbewußten Eindrucksspuren aktiviert wurde, war das Bild eines Koitus zwischen den Eltern unter nicht ganz gewöhnlichen und für die Beobachtung besonders günstigen Umständen. Es gelang allmählich, für alle Fragen, die sich an diese Szene knüpfen konnten, befriedigende Antworten zu erhalten, indem jener erste Traum im Verlauf der Kur in ungezählten Abänderungen und Neuauflagen wiederkehrte, zu denen die Analyse die gewünschten Aufklärungen lieferte. So stellte sich zunächst das Alter des Kindes bei der Beobachtung heraus, etwa 1½ Jahre. Er litt damals an einer Malaria, deren Anfall täglich zu bestimmter Stunde wiederkehrte. Von seinem zehnten Jahr an war er zeitweise Stimmungen von Depression unterworfen, die am Nachmittag einsetzten und um die fünfte Stunde ihre Höhe erreichten. Dieses Symptom bestand noch zur Zeit der analytischen Behandlung. Die wiederkehrende Depression ersetzte den damaligen Fieber- oder Mattigkeitsanfall; die fünfte Stunde war entweder die Zeit der Fieberhöhe oder die der Koitusbeobachtung, wenn nicht beide Zeiten zusammenfallen. Er befand sich wahrscheinlich gerade dieses Krankseins wegen im Zimmer der Eltern. Diese auch durch direkte Tradition erhärtete Erkrankung legt uns nahe, den Vorfall in den Sommer zu verlegen und damit für den am Weihnachtstag Geborenen ein Alter von n + 1½ Jahren anzunehmen. Er hatte also im Zimmer der Eltern in seinem Bettchen geschlafen und erwachte, etwa infolge des steigenden Fiebers, am Nachmittag, vielleicht um die später durch Depression ausgezeichnete fünfte Stunde. Es stimmt zur Annahme eines heißen

Sommertages, wenn sich die Eltern halb entkleidet zu einem Nachmittagsschläfchen zurückgezogen hätten. Als er erwachte, wurde er Zeuge eines dreimal wiederholten *coitus a tergo*, konnte das Genitale der Mutter wie das Glied des Vaters sehen und verstand den Vorgang wie dessen Bedeutung. Endlich störte er den Verkehr der Eltern auf eine Weise, von der späterhin die Rede sein wird.

Im Grunde ist es nichts Außerordentliches, macht nicht den Eindruck des Produkts einer ausschweifenden Phantasie, daß ein junges, erst wenige Jahre verheiratetes Ehepaar an einen Nachmittagsschlaf zu heißer Sommerszeit einen zärtlichen Verkehr anschließt und sich dabei über die Gegenwart des 1½ Jahre alten, in seinem Bettchen schlafenden Knäbleins hinaussetzt. Ich meine vielmehr, es wäre etwas durchaus Banales, Alltägliches, und auch die erschlossene Stellung beim Koitus kann an diesem Urteil nichts ändern. Besonders da aus dem Beweismaterial nicht hervorgeht, daß der Koitus jedesmal in der Stellung von rückwärts vollzogen wurde. Ein einziges Mal hätte ja hingereicht, um dem Zuschauer die Gelegenheit zu Beobachtungen zu geben, die durch eine andere Lage der Liebenden erschwert oder ausgeschlossen wären. Der Inhalt dieser Szene selbst kann also kein Argument gegen ihre Glaubwürdigkeit sein. Das Bedenken der Unwahrscheinlichkeit wird sich gegen drei andere Punkte richten: dagegen, daß ein Kind in dem zarten Alter von 1½ Jahren imstande sein sollte, die Wahrnehmung eines so komplizierten Vorganges aufzunehmen und sie so getreu in seinem Unbewußten zu bewahren, zweitens dagegen, daß eine nachträgliche zum Verständnis vordringende Bearbeitung der so empfangenen Eindrücke zu 4 Jahren möglich ist, und endlich, daß es durch irgendein Verfahren gelingen sollte, die Einzelheiten einer solchen Szene, unter solchen Umständen erlebt und verstanden, in zusammenhängender und überzeugender Weise bewußt zu machen.

Ich werde diese und andere Bedenken später sorgfältig prüfen, versichere dem Leser, daß ich nicht weniger kritisch als er gegen die Annahme einer solchen Beobachtung des Kindes eingestellt bin, und bitte ihn, sich mit mir zum *vorläufigen*Glauben an die Realität dieser Szene zu entschließen. Zunächst wollen wir das Studium der Beziehungen dieser »*Urszene*« zum Traum, zu den Symptomen und zur Lebensgeschichte des Patienten fortsetzen. Wir werden gesondert verfolgen, welche Wirkungen vom wesentlichen Inhalt der Szene und von einem ihrer visuellen Eindrücke ausgegangen sind.

Unter letzterem meine ich die Stellungen, welche er die Eltern einnehmen sah, die aufrechte des Mannes und die tierähnlich gebückte der Frau. Wir haben schon gehört, daß ihn in der Angstzeit die Schwester mit dem Bild im Märchenbuch zu schrecken pflegte, auf dem der Wolf aufrecht dargestellt war, einen Fuß vorgesetzt, die Tatzen ausgestreckt und die Ohren aufgestellt. Er ließ sich während der Kur die Mühe nicht verdrießen, in Antiquarläden nachzuspüren, bis er das Märchenbilderbuch seiner Kindheit wiedergefunden hatte, und erkannte sein Schreckbild in einer Illustration zur Geschichte vom »Wolf und den sieben Geißlein«. Er meinte, die Stellung des Wolfes auf diesem Bild hätte ihn an die des Vaters während der konstruierten Urszene erinnern können. Dieses Bild wurde jedenfalls zum Ausgangspunkt weitererAngstwirkungen. Als er in seinem siebenten oder achten Jahr einmal die Ankündigung erhielt, morgen werde ein neuer Lehrer zu ihm kommen, träumte er in der nächstfolgenden Nacht von diesem Lehrer als Löwen, der sich laut brüllend in der Stellung des Wolfes auf jenem Bilde seinem Bette näherte, und erwachte wiederum mit Angst. Die Wolfsphobie war damals bereits überwunden, er hatte darum die Freiheit, sich ein neues Angsttier zu wählen, und anerkannte in diesem späten Traum den Lehrer als Vaterersatz. Jeder seiner Lehrer spielte in seinen späteren Kinderjahren die gleiche Vaterrolle und wurde mit dem Vatereinfluß zum Guten wie zum Bösen ausgestattet.

Das Schicksal schenkte ihm einen sonderbaren Anlaß, seine Wolfsphobie in der Gymnasialzeit aufzufrischen und die Relation, die ihr zugrunde lag, zum Ausgang schwerer Hemmungen zu machen. Der Lehrer, der den lateinischen Unterricht seiner Klasse leitete, hieß *Wolf*. Er war von Anfang an vor ihm eingeschüchtert, zog sich einmal eine schwere Beschimpfung von ihm zu, weil er in einer lateinischen Übersetzung einen dummen Fehler begangen hatte, und wurde von da an eine lähmende Angst vor diesem Lehrer nicht mehr los, die sich bald auf andere Lehrer übertrug. Aber die Gelegenheit, bei der er in der Übersetzung strauchelte, war auch nicht beziehungslos. Er hatte das lateinische Wort *filius* zu übersetzen und tat es mit dem französischen *fils* anstatt mit dem entsprechenden Wort der Muttersprache. Der Wolf war eben noch immer der Vater.

Das erste der »passageren Symptome«, welches der Patient in der Behandlung produzierte, ging noch auf die Wolfsphobie und auf das Märchen von den sieben Geißlein zurück. In dem Zimmer, wo die ersten Sitzungen abgehalten wurden, befand sich eine große Wandkastenuhr gegenüber dem Patienten, der abgewandt von mir auf einem Divan lag. Es fiel mir auf, daß er von Zeit zu Zeit das Gesicht zu mir kehrte, mich sehr freundlich, wie begütigend ansah und dann den Blick von mir zur Uhr wendete. Ich meinte damals, er gebe so ein Zeichen seiner Sehnsucht nach Beendigung der Stunde. Lange Zeit später erinnerte mich der Patient an dieses Gebärdenspiel und gab mir dessen Erklärung, indem er daran erinnerte, daß das jüngste der sieben Geißlein ein Versteck im Kasten der Wanduhr fände, während die sechs Geschwister vom Wolf gefressen würden. Er wollte also damals sagen: Sei gut mit mir. Muß ich mich vor dir fürchten? Wirst du mich auffressen? Soll ich mich wie das jüngste Geißlein im Wandkasten vor dir verstecken?

Der Wolf, vor dem er sich fürchtete, war unzweifelhaft der Vater, aber die Wolfsangst war an die Bedingung der aufrechten Stellung gebunden. Seine Erinnerung behauptete mit großer Bestimmtheit, daß Bilder vom Wolf, der auf allen Vieren gehe oder wie im Rotkäppchenmärchen im Bett liege, ihn nicht geschreckt hätten. Nicht mindere Bedeutung zog die Stellung auf sich, die er nach unserer Konstruktion der Urszene das Weib hatte einnehmen sehen; diese Bedeutung blieb aber auf das sexuelle Gebiet beschränkt. Die auffälligste Erscheinung seines Liebeslebens nach der Reife waren Anfälle von zwanghafter sinnlicher Verliebtheit, die in rätselhafter Folge auftraten und wieder verschwanden, eine riesige Energie bei ihm auch in Zeiten sonstiger Hemmung entfesselten und seiner Beherrschung ganz entzogen waren. Ich muß die volle Würdigung dieser Zwangslieben wegen eines besonders wertvollen Zusammenhanges noch aufschieben, aber ich kann hier anführen, daß sie an eine bestimmte, seinem Bewußtsein verborgene Bedingung geknüpft waren, die sich erst in der Kur erkennen ließ. Das Weib mußte die Stellung eingenommen haben, die wir der Mutter in der Urszene zuschreiben. Große, auffällige Hinterbacken empfand er von der Pubertät an als den stärksten Reiz des Weibes; ein anderer Koitus als der von rückwärts bereitete ihm kaum Genuß. Die kritische Erwägung ist zwar berechtigt, hier einzuwenden, daß solche sexuelle Bevorzugung der hinteren Körperpartien ein allgemeiner Charakter der zur Zwangsneurose neigenden Personen sei und nicht zur Ableitung von einem besonderen Eindruck der Kinderzeit berechtige. Sie gehöre in das Gefüge der analerotischen Veranlagung und zu jenen archaischen Zügen, welche diese Konstitution auszeichnen. Man darf die Begattung von rückwärts – *more ferarum* – doch wohl als die phylogenetisch ältere Form auffassen. Wir werden auch auf diesen Punkt in späterer Diskussion zurückkommen, wenn wir das Material für seine unbewußte Liebesbedingung nachgetragen haben.

Setzen wir nun in der Erörterung der Beziehungen zwischen Traum und Urszene fort. Nach unseren bisherigen Erwartungen sollte der Traum dem Kind, das sich auf die Erfüllung seiner Wünsche zu Weihnachten freut, das Bild der Sexualbefriedigung durch den Vater vorführen, wie er es in jener Urszene gesehen hatte, als Vorbild der eigenen Befriedigung, die er vom Vater ersehnt. Anstatt dieses Bild tritt aber das Material der Geschichte auf, die der Großvater kurz vorher erzählt hatte: Der Baum, die Wölfe, die Schwanzlosigkeit in der Form der Überkompensation in den buschigen Schwänzen der angeblichen Wölfe. Hier fehlt uns ein Zusammenhang, eine Assoziationsbrücke, die von dem Inhalt der Urgeschichte zu dem der Wolfsgeschichte hinüberleitet. Diese Verbindung wird wiederum durch die Stellung und nur durch diese gegeben. Der schwanzlose Wolf fordert in der Erzählung des Großvaters die andern auf, *auf ihn zu steigen.* Durch dieses Detail wurde die Erinnerung an das Bild der Urszene geweckt, auf diesem Weg konnte das Material der Urszene durch das der Wolfsgeschichte vertreten werden, dabei gleichzeitig die Zweizahl der Eltern in erwünschter Weise durch die Mehrzahl der Wölfe ersetzt. Eine nächste Wandlung erfuhr der Trauminhalt, indem das Material der Wolfsgeschichte sich dem Inhalt des Märchens von den sieben Geißlein anpaßte, die Siebenzahl von ihm entlehnte.

Die Materialwandlung: Urszene – Wolfsgeschichte – Märchen von den sieben Geißlein – ist die Spiegelung des Gedankenfortschritts während der Traumbildung: Sehnsucht nach sexueller Befriedigung durch den Vater – Einsicht in die daran geknüpfte Bedingung der Kastration – Angst vor dem Vater. Ich meine, der Angsttraum des vierjährigen Knaben ist erst jetzt restlos aufgeklärt.

Es ist Nacht, ich liege in meinem Bette. Das letztere ist der Beginn der Reproduktion der Urszene. »Es ist Nacht« ist Entstellung für: ich hatte geschlafen. Die Bemerkung: Ich weiß, es war Winter, als ich träumte, und Nachtzeit, bezieht sich auf die Erinnerung an den Traum, gehört nicht zu seinem Inhalt. Sie ist richtig, es war eine der Nächte vor dem Geburtstag resp. Weihnachtstag.

Plötzlich geht das Fenster von selbst auf. Zu übersetzen: Plötzlich erwache ich von selbst, Erinnerung der Urszene. Der Einfluß der Wolfsgeschichte, in der der Wolf durchs Fenster hereinspringt, macht sich modifizierend geltend und verwandelt den direkten in einen bildlichen Ausdruck. Gleichzeitig dient die Einführung des Fensters dazu, um den folgenden Trauminhalt in der Gegenwart unterzubringen. Am Weihnachtsabend geht die Türe plötzlich auf, und man sieht den Baum mit den Geschenken vor sich. Hier macht sich also der Einfluß der aktuellen Weihnachtserwartung geltend, welche die sexuelle Befriedigung miteinschließt.

Der große Nußbaum. Vertreter des Christbaumes, also aktuell: überdies der Baum aus der Wolfsgeschichte, auf den sich der verfolgte Schneider flüchtet, unter dem die Wölfe lauern. Der hohe Baum ist auch, wie ich mich oft überzeugen konnte, ein Symbol der Beobachtung, des Voyeurtums. Wenn man auf dem Baume sitzt, kann man alles sehen, was unten vorgeht, und wird selbst nicht gesehen. Vgl. die bekannte Geschichte des Boccaccio und ähnliche Schnurren.

Die Wölfe. Ihre Zahl: *sechs oder sieben.* In der Wolfsgeschichte ist es ein Rudel ohne angegebene Zahl. Die Zahlbestimmung zeigt den Einfluß des Märchens von den sieben Geißlein, von denen sechs gefressen werden. Die Ersetzung der Zweizahl in der Urszene durch eine Mehrzahl, welche in der Urszene absurd wäre, ist dem Widerstand als Entstellungsmittel willkommen. In der zum Traum gefertigten Zeichnung hat der Träumer die 5 zum Ausdruck gebracht, die wahrscheinlich die Angabe: es war Nacht, korrigiert.

Sie sitzen auf dem Baum. Sie ersetzen zunächst die am Baum hängenden Weihnachtsgeschenke. Sie sind aber auch auf den Baum versetzt, weil das heißen kann, sie schauen. In der Geschichte des Großvaters lagern sie unten um den Baum. Ihr Verhältnis zum Baum ist also im Traum umgekehrt worden, woraus zu schließen ist, daß im Trauminhalt noch andere Umkehrungen des latenten Materials vorkommen. *Sie schauen ihn mit gespannter Aufmerksamkeit an.* Dieser Zug ist ganz aus der Urszene, auf Kosten einer totalen Verkehrung in den Traum gekommen. *Sie sind ganz weiß.* Dieser an sich unwesentliche, in der Erzählung des Träumers stark betonte Zug verdankt seine Intensität einer ausgiebigen Verschmelzung von Elementen aus allen Schichten des Materials, und vereinigt dann nebensächliche Details der anderen Traumquellen mit einem bedeutsameren Stück der Urszene. Diese letztere Determinierung entstammt wohl der Weiße der Bett- und Leibwäsche der Eltern, dazu das Weiß der Schafherden, der Schäferhunde als Anspielung auf seine Sexualforschungen an Tieren, das Weiß in den Märchen von den sieben Geißlein, in dem die Mutter an der Weiße ihrer Hand erkannt wird. Wir werden später die weiße Wäsche auch als Todesandeutung verstehen.

Sie sitzen regungslos da. Hiemit wird dem auffälligsten Inhalt der beobachteten Szene widersprochen; der Bewegtheit, welche durch die Stellung, zu der sie führt, die Verbindung zwischen Urszene und Wolfsgeschichte herstellt.

Sie haben Schwänze wie Füchse. Dies soll einem Ergebnis widersprechen, welches aus der Einwirkung der Urszene auf die Wolfsgeschichte gewonnen wurde und als der wichtigste Schluß der Sexualforschung anzuerkennen ist: Es gibt also wirklich eine Kastration. Der Schreck, mit dem dies Denkergebnis aufgenommen wird, bricht sich endlich im Traume Bahn und erzeugt dessen Schluß.

Die Angst, von den Wölfen aufgefressen zu werden. Sie erschien dem Träumer als nicht durch den Trauminhalt motiviert. Er sagte, ich hätte mich nicht fürchten müssen, denn die Wölfe sahen eher aus wie Füchse oder Hunde, sie fuhren auch nicht auf mich los, wie um mich zu beißen, sondern waren sehr ruhig und gar nicht schrecklich. Wir erkennen, daß die Traumarbeit sich eine Weile bemüht hat, die peinlichen Inhalte durch Verwandlung ins Gegenteil unschädlich zu machen. (Sie bewegen sich nicht, sie haben ja die schönsten Schwänze.) Bis endlich dieses Mittel versagt und die Angst losbricht. Sie findet ihren Ausdruck mit Hilfe des Märchens, in dem die Geißlein-Kinder vom Wolf-Vater gefressen werden. Möglicherweise hat dieser Märcheninhalt selbst an scherzhafte Drohungen des Vaters, wenn er mit dem Kinde spielte, erinnert, so daß die Angst, vom Wolf gefressen zu werden, ebensowohl Reminiszenz wie Verschiebungsersatz sein könnte.

Die Wunschmotive dieses Traumes sind handgreifliche; zu den oberflächlichen Tageswünschen, Weihnachten mit seinen Geschenken möge schon da sein (Ungeduldstraum), gesellt sich der tiefere, um diese Zeit permanente Wunsch nach der Sexualbefriedigung durch den Vater, der sich zunächst durch den Wunsch, das wiederzusehen, was damals so fesselnd war, ersetzt. Dann verläuft der psychische Vorgang von der Erfüllung dieses Wunsches in der heraufbeschworenen Urszene bis zu der jetzt unvermeidlich gewordenen Ablehnung des Wunsches und der Verdrängung.

Die Breite und Ausführlichkeit der Darstellung, zu der ich durch das Bemühen genötigt bin, dem Leser irgendein Äquivalent für die Beweiskraft einer selbstdurchgeführten Analyse zu bieten, mag ihn gleichzeitig davon abbringen, die Publikation von Analysen zu verlangen, die sich über mehrere Jahre erstreckt haben.

.

Über die pathogene Wirkung der Urszene und die Veränderung, welche deren Erweckung in seiner Sexualentwicklung hervorruft, kann ich mich nach allem, was bisher schon berührt wurde, kurz fassen. Wir werden nur diejenige Wirkung verfolgen, welcher der Traum Ausdruck gibt. Später werden wir uns klarmachen müssen, daß nicht etwa eine einzige Sexualströmung von der Urszene ausgegangen ist, sondern eine ganze Reihe von solchen, geradezu eine Aufsplitterung der Libido. Ferner werden wir uns vorhalten, daß die Aktivierung dieser Szene (ich vermeide absichtlich das Wort: Erinnerung) dieselbe Wirkung hat, als ob sie ein rezentes Erlebnis wäre. Die Szene wirkt nachträglich und hat unterdes, in dem Intervall zwischen 1½ und 4 Jahren, nichts von ihrer Frische eingebüßt. Vielleicht finden wir im weiteren noch einen Anhaltspunkt dafür, daß sie bestimmte Wirkungen bereits zur Zeit ihrer Wahrnehmung, also von 1½ Jahren an, geübt hat.

Wenn sich der Patient in die Situation der Urszene vertiefte, förderte er folgende Selbstwahrnehmungen zu Tage: Er habe vorher angenommen, der beobachtete Vorgang sei ein gewalttätiger Akt, allein dazu stimmte das vergnügte Gesicht nicht, das er die Mutter machen sah; er mußte erkennen, daß es sich um eine Befriedigung handle. Das wesentliche Neue, das ihm die Beobachtung des Verkehrs der Eltern brachte, war die Überzeugung von der Wirklichkeit der Kastration, deren Möglichkeit seine Gedanken schon vorher beschäftigt hatte. (Der Anblick der beiden urinierenden Mädchen, die Drohung der Nanja, die Deutung der Gouvernante von den Zuckerstangen, die Erinnerung, daß der Vater eine Schlange in Stücke geschlagen.) Denn jetzt sah er mit eigenen Augen die Wunde, von der die Nanja gesprochen hatte, und verstand, daß ihr Vorhandensein eine Bedingung des Verkehrs mit dem Vater war. Er konnte sie nicht mehr wie bei der Beobachtung der kleinen Mädchen mit dem Popo verwechseln.

Der Ausgang des Traumes war Angst, von der er sich nicht eher beruhigte, als bis er seine Nanja bei sich hatte. Er flüchtete sich also zu ihr vom Vater weg. Die Angst war eine Ablehnung des Wunsches nach Sexualbefriedigung durch den Vater, welches Streben ihm den Traum eingegeben hatte. Ihr Ausdruck: vom Wolf gefressen zu werden, war nur eine – wie wir hören werden: regressive – Umsetzung des Wunsches, vom Vater koitiert, d. h. so befriedigt zu werden wie die Mutter. Sein letztes Sexualziel, die passive Einstellung zum Vater, war einer Verdrängung erlegen, die Angst vor dem Vater in Gestalt der Wolfsphobie an ihre Stelle getreten.

Und die treibende Kraft dieser Verdrängung? Dem ganzen Sachverhalt nach konnte es nur die narzißtische Genitallibido sein, die sich als Sorge um sein männliches Glied gegen eine Befriedigung sträubte, für die der Verzicht auf dieses Glied Bedingung schien. Aus dem bedrohten Narzißmus schöpfte er die Männlichkeit, mit der er sich gegen die passive Einstellung zum Vater wehrte.

Wir werden jetzt darauf aufmerksam, daß wir an diesem Punkte der Darstellung unsere Terminologie ändern müssen. Er hatte während des Traumes eine neue Phase seiner Sexualorganisation erreicht. Die sexuellen Gegensätze waren ihm bisher *aktiv* und *passiv* gewesen. Sein Sexualziel war seit der Verführung ein passives, am Genitale berührt zu werden, dann wandelte es sich durch Regression auf die frühere Stufe der sadistisch-analen Organisation in das masochistische, gezüchtigt, gestraft zu werden. Es war ihm gleichgültig, ob er dieses Ziel beim Mann oder Weib erreichen sollte. Er war ohne Rücksicht auf den Geschlechtsunterschied von der Nanja zum Vater gewandert, hatte von der Nanja verlangt, am Glied berührt zu werden, vom Vater die Züchtigung provozieren wollen. Das Genitale kam dabei außer Betracht; in der Phantasie, auf den Penis geschlagen zu werden, äußerte sich noch der durch die Regression verdeckte Zusammenhang. Nun führte ihn die Aktivierung der Urszene im Traum zur genitalen Organisation zurück. Er entdeckte die Vagina und die biologische

Bedeutung von männlich und weiblich. Er verstand jetzt, aktiv sei gleich männlich, passiv aber weiblich. Sein passives Sexualziel hätte sich jetzt in ein weibliches verwandeln, den Ausdruck annehmen müssen: vom Vater koitiert zu werden, anstatt: von ihm auf das Genitale oder auf den Popo geschlagen zu werden. Dieses feminine Ziel verfiel nun der Verdrängung und mußte sich durch die Angst vor dem Wolf ersetzen lassen.

Wir müssen die Diskussion seiner Sexualentwicklung hier unterbrechen, bis aus späteren Stadien seiner Geschichte neues Licht auf diese früheren zurückfällt. Zur Würdigung der Wolfsphobie fügen wir noch hinzu, daß Vater und Mutter, beide, zu Wölfen wurden. Die Mutter spielte ja den kastrierten Wolf, der die anderen auf sich aufsteigen ließ, der Vater den aufsteigenden. Seine Angst bezog sich aber, wie wir ihn versichern gehört haben, nur auf den stehenden Wolf, also auf den Vater. Ferner muß uns auffallen, daß die Angst, in die der Traum ausging, ein Vorbild in der Erzählung des Großvaters hatte. In dieser wird ja der kastrierte Wolf, der die andern auf sich hat steigen lassen, von Angst befallen, sowie er an die Tatsache seiner Schwanzlosigkeit erinnert wird. Es scheint also, daß er sich während des Traumvorganges mit der kastrierten Mutter identifizierte und sich nun gegen dieses Ergebnis sträubte. In hoffentlich zutreffender Übersetzung: Wenn du vom Vater befriedigt werden willst, mußt du dir wie die Mutter die Kastration gefallen lassen; das will ich aber nicht. Also ein deutlicher Protest der Männlichkeit! Machen wir uns übrigens klar, daß die Sexualentwicklung des Falles, den wir hier verfolgen, für unsere Forschung den großen Nachteil hat, daß sie keine ungestörte ist. Sie wird zuerst durch die Verführung entscheidend beeinflußt und nun durch die Szene der Koitusbeobachtung abgelenkt, die nachträglich wie eine zweite Verführung wirkt.

V

EINIGE DISKUSSIONEN

Eisbär und Walfisch, hat man gesagt, können nicht miteinander Krieg führen, weil sie, ein jeder auf sein Element beschränkt, nicht zueinander kommen. Ebenso unmöglich wird es mir, mit Arbeitern auf dem Gebiet der Psychologie oder der Neurotik zu diskutieren, die die Voraussetzungen der Psychoanalyse nicht anerkennen und ihre Ergebnisse für Artefakte halten. Daneben hat sich aber in den letzten Jahren eine Opposition von Anderen entwickelt, die, nach ihrem eigenen Vermeinen wenigstens, auf dem Boden der Analyse stehen, die Technik und Resultate derselben nicht bestreiten und sich nur für berechtigt halten, aus dem nämlichen Material andere Folgerungen abzuleiten und es anderen Auffassungen zu unterziehen.

Theoretischer Widerspruch ist aber zumeist unfruchtbar. Sowie man begonnen hat, sich von dem Material, aus dem man schöpfen soll, zu entfernen, läuft man Gefahr, sich an seinen Behauptungen zu berauschen und endlich Meinungen zu vertreten, denen jede Beobachtung widersprochen hätte. Es scheint mir darum ungleich zweckmäßiger, abweichende Auffassungen dadurch zu bekämpfen, daß man sie an einzelnen Fällen und Problemen erprobt.

Ich habe oben ausgeführt, es werde gewiß für unwahrscheinlich gehalten werden, »daß ein Kind in dem zarten Alter von 1½ Jahren imstande sein sollte, die Wahrnehmungen eines so komplizierten Vorganges in sich aufzunehmen und sie so getreu in seinem Unbewußten zu bewahren, zweitens, daß eine nachträglich zum Verständnis vordringende Bearbeitung dieses Materials zu vier Jahren möglich ist, und endlich, daß es durch irgendein Verfahren gelingen sollte, die Einzelheiten einer solchen Szene, unter solchen Umständen erlebt und verstanden, in zusammenhängender und überzeugender Weise bewußt zu machen«.

Die letzte Frage ist eine rein faktische. Wer sich die Mühe nimmt, die Analyse mittels der vorgezeichneten Technik in solche Tiefen zu treiben, wird sich überzeugen, daß es sehr wohl möglich ist; wer es unterläßt und in irgendeiner höheren Schicht die Analyse unterbricht, hat sich des Urteils darüber begeben. Aber die Auffassung des von der Tiefenanalyse Erreichten ist damit nicht entschieden.

Die beiden anderen Bedenken stützen sich auf eine Geringschätzung der frühinfantilen Eindrücke, denen so nachhaltige Wirkungen nicht zugetraut werden. Sie wollen die Verursachung der Neurosen fast ausschließlich in den ernsthaften Konflikten des späteren Lebens suchen, und nehmen an, die Bedeutsamkeit der Kindheit werde uns in der Analyse nur durch die Neigung der Neurotiker vorgespiegelt, ihre gegenwärtigen Interessen in Reminiszenzen und Symbolen der frühen Vergangenheit auszudrücken. Mit solcher Einschätzung des infantilen Moments fiele manches weg, was zu den intimsten Eigentümlichkeiten der Analyse gehört hat, freilich auch vieles, was ihr Widerstände schafft und das Zutrauen der Außenstehenden entfremdet.

Wir stellen also zur Diskussion die Auffassung ein, solche frühinfantile Szenen, wie sie eine erschöpfende Analyse der Neurosen, z. B. unseres Falles liefert, seien nicht Reproduktionen realer Begebenheiten, denen man Einfluß auf die Gestaltung des späteren Lebens und auf die Symptombildung zuschreiben dürfe, sondern Phantasiebildungen, die der Zeit der Reife ihre Anregung entnehmen, zur gewissermaßen symbolischen Vertretung realer Wünsche und Interessen bestimmt sind, und die einer regressiven Tendenz, einer Abwendung von den Aufgaben der Gegenwart ihre Entstehung verdanken. Wenn dem so ist, dann kann man sich natürlich alle die befremdenden Zumutungen an das Seelenleben und die intellektuelle Leistung von Kindern im unmündigsten Alter ersparen.

Dieser Auffassung kommt außer dem uns allen gemeinsamen Wunsch nach Rationalisierung und Vereinfachung der schwierigen Aufgabe mancherlei Tatsächliches entgegen. Auch kann man im vorhinein ein Bedenken aus dem Wege räumen, welches sich gerade beim praktischen Analytiker erheben könnte. Man muß zugestehen, wenn die besprochene Auffassung dieser infantilen Szenen die richtige ist, dann wird an der Ausübung der Analyse zunächst nichts geändert. Hat der Neurotiker einmal die üble Eigentümlichkeit, sein Interesse von der Gegenwart abzuwenden und es an solche regressive Ersatzbildungen seiner Phantasie zu heften, so kann man gar nichts anderes tun, als ihm auf seinen Wegen zu folgen und ihm diese unbewußten Produktionen zum Bewußtsein zu bringen, denn sie sind, von ihrem realen Unwert ganz abzusehen, für uns höchst wertvoll als die derzeitigen Träger und Besitzer des Interesses, welches wir frei machen wollen, um es auf dieAufgaben der Gegenwart zu lenken. Die Analyse müßte genau ebenso verlaufen wie jene, die im naiven Zutrauen solche Phantasien für wahr nimmt. Erst am Ende der Analyse, nach der Aufdeckung dieser Phantasien, käme der Unterschied. Man würde dann dem Kranken sagen: »Nun gut; Ihre Neurose ist so verlaufen, als ob Sie in Ihren Kinderjahren solche Eindrücke empfangen und fortgesponnen hätten. Sie sehen wohl ein, daß dies nicht möglich ist. Es waren Produkte Ihrer Phantasietätigkeit zur Ablenkung von realen Aufgaben, die Ihnen bevorstanden. Nun lassen Sie uns nachforschen, welches diese Aufgaben waren, und welche Verbindungswege zwischen diesen und Ihren Phantasien bestanden haben.« Ein zweiter, dem realen Leben zugewendeter Abschnitt der Behandlung würde nach dieser Erledigung der infantilen Phantasien einsetzen können.

Eine Abkürzung dieses Weges, also eine Abänderung der bisher geübten psychoanalytischen Kur, wäre technisch unzulässig. Wenn man dem Kranken diese Phantasien nicht in ihrem vollen Umfange bewußt macht, kann man ihm die Verfügung über das an sie gebundene Interesse nicht geben. Wenn man ihn von ihnen ablenkt, sobald man ihre Existenz und allgemeine Umrisse ahnt, unterstützt man nur das Werk der Verdrängung, durch das sie für alle Bemühungen des Kranken unantastbar geworden sind. Wenn man sie ihm frühzeitig entwertet, etwa indem man ihm eröffnet, es werde sich nur um Phantasien handeln, die ja keine reale Bedeutung haben, wird man nie seine Mitwirkung bereit finden, um sie dem Bewußtsein zuzuführen. Die analytische Technik dürfte also bei korrektem Vorgehen keine Änderung erfahren, wie immer man diese Infantilszenen einschätzt.

Ich habe erwähnt, daß die Auffassung dieser Szenen als regressiver Phantasien manche tatsächlichen Momente zu ihrer Unterstützung anrufen kann. Vor allem das eine: Diese Infantilszenen werden in der Kur – soweit meine Erfahrung bis jetzt reicht – nicht als Erinnerungen reproduziert, sie sind Ergebnisse der Konstruktion. Gewiß wird manchem der Streit schon durch dieses eine Zugeständnis entschieden scheinen.

Ich möchte nicht mißverstanden werden. Jeder Analytiker weiß und hat es unzählige Male erfahren, daß in einer gelungenen Kur der Patient eine ganze Anzahl spontaner Erinnerungen aus seinen Kinderjahren mitteilt, an deren Auftauchen – vielleicht erstmaligem Auftauchen – der Arzt sich völlig unschuldig fühlt, indem er durch keinerlei Konstruktionsversuch dem Kranken einen ähnlichen Inhalt nahegelegt hat. Diese vorher unbewußten Erinnerungen müssen nicht einmal immer wahr sein; sie können es sein, aber sie sind oft gegen die Wahrheit entstellt, mit phantasierten Elementen durchsetzt, ganz ähnlich wie die spontan erhalten gebliebenen sogenannten Deckerinnerungen. Ich will nur sagen: Szenen, wie die bei meinem Patienten, aus so früher Zeit und mit solchem Inhalt, die dann eine so außerordentliche Bedeutung für die Geschichte des Falles beanspruchen, werden in der Regel nicht als Erinnerungen reproduziert, sondern müssen schrittweise und mühselig aus einer Summe von Andeutungen erraten – konstruiert – werden. Es reicht auch für das Argument hin, wenn ich zugebe, daß solche Szenen bei den Fällen von Zwangsneurose nicht als Erinnerung bewußt werden, oder wenn ich die Angabe auf den einen Fall, den wir hier studieren, beschränke.

Ich bin nun nicht der Meinung, daß diese Szenen notwendigerweise Phantasien sein müßten, weil sie nicht als Erinnerungen wiederkommen. Es scheint mir durchaus der Erinnerung gleichwertig, daß sie sich – wie in unserem Falle – durch Träume ersetzen, deren Analyse regelmäßig zu derselben Szene zurückführt, die in unermüdlicher Umarbeitung jedes Stück ihres Inhalts reproduzieren. Träumen ist ja auch ein Erinnern, wenn auch unter den Bedingungen der Nachtzeit und der Traumbildung. Durch diese Wiederkehr in Träumen erkläre ich mir, daß sich bei den Patienten selbst allmählich eine sichere Überzeugung von der Realität dieser Urszenen bildet, eine Überzeugung, die der auf Erinnerung gegründeten in nichts nachsteht.

Die Gegner brauchen freilich den Kampf gegen diese Argumente nicht als aussichtslos aufzugeben. Träume sind bekanntlich lenkbar. Und die Überzeugung des Analysierten kann ein Erfolg der Suggestion sein, für die immer noch eine Rolle im Kräftespiel der analytischen Behandlung gesucht wird. Der Psychotherapeut alten Schlages würde seinem Patienten suggerieren, daß er gesund ist, seine Hemmungen überwunden hat u. dgl.; der Psychoanalytiker aber, daß er als Kind dies oder jenes Erlebnis gehabt hat, das er jetzt erinnern müsse, um gesund zu werden. Das wäre der Unterschied zwischen beiden.

Machen wir uns klar, daß dieser letzte Erklärungsversuch der Gegner auf eine weit gründlichere Erledigung der Infantilszenen hinausläuft, als anfangs angekündigt wurde. Sie sollten nicht Wirklichkeiten sein, sondern Phantasien. Nun wird es offenbar: nicht Phantasien des Kranken, sondern des Analytikers selbst, die er aus irgendwelchen persönlichen Komplexen dem Analysierten aufdrängt. Der Analytiker freilich, der diesen Vorwurf hört, wird sich zu seiner

Beruhigung vorführen, wie allmählich die Konstruktion dieser angeblich von ihm eingegebenen Phantasie zustande gekommen ist, wie unabhängig sich doch deren Ausgestaltung in vielen Punkten von der ärztlichen Anregung benommen hat, wie von einer gewissen Phase der Behandlung an alles auf sie hin zu konvergieren schien, und wie nun in der Synthese die verschiedensten merkwürdigen Erfolge von ihr ausstrahlen, wie die großen und die kleinsten Probleme und Sonderbarkeiten der Krankengeschichte ihre Lösung in der einen Annahme fänden, und wird geltend machen, daß er sich nicht den Scharfsinn zutraut, eine Begebenheit auszuhecken, welche alle diese Ansprüche in einem erfüllen kann. Aber auch dieses Plädoyer wird nicht auf den anderen Teil wirken, der die Analyse nicht selbst erlebt hat. Raffinierte Selbsttäuschung – wird es von der einen Seite lauten, Stumpfheit der Beurteilung – von der anderen; eine Entscheidung wird nicht zu fällen sein.

Wenden wir uns zu einem anderen Moment, welches die gegnerische Auffassung der konstruierten Infantilszenen unterstützt. Es ist folgendes: Alle die Prozesse, welche zur Aufklärung dieser fraglichen Bildungen als Phantasien herangezogen worden sind, bestehen wirklich und sind als bedeutungsvoll anzuerkennen. Die Abwendung des Interesses von den Aufgaben des realen Lebens, die Existenz von Phantasien als Ersatzbildungen für die unterlassenen Aktionen, die regressive Tendenz, die sich in diesen Schöpfungen ausspricht – regressiv in mehr als einem Sinne, insofern gleichzeitig ein Zurückweichen vor dem Leben und ein Zurückgreifen auf die Vergangenheit eintritt –, all das trifft zu und läßt sich regelmäßig durch die Analyse bestätigen. Man sollte meinen, es würde auch hinreichen, die in Rede stehenden angeblichen frühinfantilen Reminiszenzen aufzuklären, und diese Erklärung hätte nach den ökonomischen Prinzipien der Wissenschaft das Vorrecht vor einer anderen, die ohne neue und befremdliche Annahmen nicht ausreichen kann.

Ich gestatte mir, an dieser Stelle darauf aufmerksam zu machen, daß die Widersprüche in der heutigen psychoanalytischen Literatur gewöhnlich nach dem Prinzip des *pars pro toto* angefertigt werden. Man greift aus einem hoch zusammengesetzten Ensemble einen Anteil der wirksamen Faktoren heraus, proklamiert diesen als die Wahrheit und widerspricht nun zu dessen Gunsten dem anderen Anteil und dem Ganzen. Sieht man etwa näher zu, welcher Gruppe dieser Vorzug zugefallen ist, so findet man, es ist die, welche das bereits anderswoher Bekannte enthält oder sich am ehesten ihm anschließt. So bei Jung die Aktualität und die Regression, bei Adler die egoistischen Motive. Zurückgelassen, als Irrtum verworfen, wird aber gerade das, was an der Psychoanalyse neu ist und ihr eigentümlich zukommt. Auf diesem Wege lassen sich die revolutionären Vorstöße der unbequemen Psychoanalyse am leichtesten zurückweisen.

Es ist nicht überflüssig hervorzuheben, daß keines der Momente, welche die gegnerische Auffassung zum Verständnis der Kindheitsszenen heranzieht, von Jung als Neuheit gelehrt zu werden brauchte. Der aktuelle Konflikt, die Abwendung von der Realität, die Ersatzbefriedigung in der Phantasie, die Regression auf Material der Vergangenheit, dies alles hat, und zwar in der nämlichen Zusammenfügung, vielleicht mit geringer Abänderung der Terminologie, von jeher einen integrierenden Bestandteil meiner eigenen Lehre gebildet. Es war nicht das Ganze derselben, nur der Anteil der Verursachung, der von der Realität her zur Neurosenbildung in regressiver Richtung einwirkt. Ich habe daneben noch Raum gelassen für einen zweiten progredienten Einfluß, der von den Kindheitseindrücken her wirkt, der vom Leben zurückweichenden Libido den Weg weist und die sonst unerklärliche Regression auf die Kindheit verstehen läßt. So wirken die beiden Momente nach meiner Auffassung bei der Symptombildung zusammen, aber ein früheres Zusammenwirken scheint mir ebenso bedeutungsvoll. Ich behaupte, daß *der Kindheitseinfluß sich bereits in der Anfangssituation der Neurosenbildung fühlbar macht, indem er in entscheidender Weise mitbestimmt, ob und an welcher Stelle das Individuum in der Bewältigung der realen Probleme des Lebens versagt.*

Im Streit steht also die Bedeutung des infantilen Moments. Die Aufgabe geht dahin, einen Fall zu finden, der diese Bedeutung, jedem Zweifel entzogen, erweisen kann. Ein solcher ist aber der Krankheitsfall, den wir hier so ausführlich behandeln, der durch den Charakter ausgezeichnet ist, daß der Neurose im späteren Leben eine Neurose in frühen Jahren der Kindheit vorhergeht. Gerade darum habe ich ja diesen Fall zur Mitteilung gewählt. Sollte jemand ihn etwa darum ablehnen wollen, weil ihm die Tierphobie nicht wichtig genug erscheint, um als selbständige Neurose anerkannt zu werden, so will ich ihn darauf verweisen, daß ohne Intervall an diese Phobie ein Zwangszeremoniell, Zwangshandlungen und Gedanken anschließen, von denen in den folgenden Abschnitten dieser Schrift die Rede sein wird.

Eine neurotische Erkrankung im vierten oder fünften Jahr der Kindheit beweist vor allem, daß die infantilen Erlebnisse für sich allein imstande sind, eine Neurose zu produzieren, ohne daß es dazu der Flucht vor einer im Leben gestellten Aufgabe bedürfte. Man wird einwenden, daß auch an das Kind unausgesetzt Aufgaben herantreten, denen es sich vielleicht entziehen möchte. Das ist richtig, aber das Leben eines Kindes vor der Schulzeit ist leicht zu übersehen, man kann ja untersuchen, ob sich eine die Verursachung der Neurose bestimmende »Aufgabe« darin findet. Man entdeckt aber nichts anderes als Triebregungen, deren Befriedigung dem Kind unmöglich, deren Bewältigung es nicht gewachsen ist, und die Quellen, aus denen diese fließen.

Die enorme Verkürzung des Intervalls zwischen dem Ausbruch der Neurose und der Zeit der in Rede stehenden Kindheitserlebnisse läßt, wie zu erwarten stand, das regressive Stück der Verursachung aufs äußerste einschrumpfen und bringt den progredienten Anteil derselben, den Einfluß früherer Eindrücke, unverdeckt zum Vorschein. Von diesem Verhältnis wird diese Krankengeschichte, wie ich hoffe, ein deutliches Bild geben. Auf die Frage nach der Natur der Urszenen oder frühesten in der Analyse eruierten Kindheitserlebnisse gibt die Kindheitsneurose noch aus anderen Gründen eine entscheidende Antwort.

Nehmen wir als unwidersprochene Voraussetzung an, daß eine solche Urszene technisch richtig entwickelt worden sei, daß sie unerläßlich sei zur zusammenfassenden Lösung aller Rätsel, welche uns die Symptomatik der Kindheitserkrankung aufgibt, daß alle Wirkungen von ihr ausstrahlen, wie alle Fäden der Analyse zu ihr hingeführt haben, so ist es mit Rücksicht auf ihren Inhalt unmöglich, daß sie etwas anderes sei als die Reproduktion einer vom Kinde erlebten Realität. Denn das Kind kann wie auch der Erwachsene Phantasien nur produzieren mit irgendwo erworbenem Material; die Wege dieser Erwerbung sind dem Kinde zum Teil (wie die Lektüre) verschlossen, der für die Erwerbung zu Gebote stehende Zeitraum ist kurz und leicht nach solchen Quellen zu durchforschen.

In unserem Falle enthält die Urszene das Bild des geschlechtlichen Verkehrs zwischen den Eltern in einer für gewisse Beobachtungen besonders günstigen Stellung. Es würde nun gar nichts für die Realität dieser Szene beweisen, wenn wir sie bei einem Kranken fänden, dessen Symptome, also die Wirkungen der Szene, irgendwann in seinem späteren Leben hervorgetreten wären. Ein solcher kann zu den verschiedensten Zeitpunkten des langen Intervalls die Eindrücke, Vorstellungen und Kenntnisse erworben haben, die er dann in ein Phantasiebild verwandelt, in seine Kindheit zurückprojiziert und an seine Eltern heftet. Aber wenn die Wirkungen einer solchen Szene im vierten und fünften Lebensjahr hervortreten, so muß das Kind diese Szene in noch früherem Alter mitangesehen haben. Dann bleiben aber alle die befremdenden Folgerungen aufrecht, die sich uns aus der Analyse der infantilen Neurose ergeben haben. Es sei denn, es wolle jemand annehmen, der Patient habe nicht nur diese Urszene unbewußt phantasiert, sondern ebenso seine Charakterveränderung, seine Wolfsangst und seinen religiösen Zwang konfabuliert, welcher Auskunft aber sein sonstiges nüchternes Wesen und die direkte Tradition in seiner Familie widersprechen würde. Es muß also dabei bleiben – ich sehe keine andere Möglichkeit –, entweder ist die von seiner Kindheitsneurose ausgehende Analyse überhaupt ein Wahnwitz, oder es ist alles so richtig, wie ich es oben dargestellt habe.

Wir haben an einer früheren Stelle auch an der Zweideutigkeit Anstoß genommen, daß des Patienten Vorliebe für die weiblichen Nates und für den Koitus in derjenigen Stellung, bei der diese besonders hervortreten, eine Ableitung von dem beobachteten Koitus der Eltern zu fordern schien, während doch solche Bevorzugung ein allgemeiner Zug der zur Zwangsneurose disponierten archaischen Konstitutionen ist. Hier bietet sich eine naheliegende Auskunft, die den Widerspruch als Überdeterminierung löst. Die Person, an welcher er diese Position beim Koitus beobachtet, war doch sein leiblicher Vater, von dem er diese konstitutionelle Vorliebe auch ererbt haben konnte. Weder die spätere Krankheit des Vaters noch die Familiengeschichte sprechen dagegen; ein Vatersbruder ist, wie bereits erwähnt, in einem Zustand gestorben, der als Ausgang eines schweren Zwangsleidens aufgefaßt werden muß.

Wir erinnern uns in diesem Zusammenhange, daß die Schwester bei der Verführung des 3¼ jährigen Knaben gegen die brave alte Kinderfrau die sonderbare Verleumdung ausgesprochen, sie stelle alle Leute auf den Kopf und greife ihnen dann an die Genitalien (S. 140). Es mußte sich uns da die Idee aufdrängen, daß vielleicht auch die Schwester in ähnlich zartem Alter dieselbe Szene mitangesehen wie später der Bruder und sich daher die Anregung für das Auf-den-Kopf-Stellen beim sexuellen Akt geholt hätte. Diese Annahme brächte auch einen Hinweis auf eine Quelle ihrer eigenen sexuellen Voreiligkeit.

[Ich hatte ursprünglich nicht die Absicht, die Diskussion über den Realwert der »Urszenen« an dieser Stelle weiter zu führen, aber da ich unterdes veranlaßt worden bin, dieses Thema in meinen *Vorlesungen zur Einführung in die Psychoanalyse* in breiterem Zusammenhange und nicht mehr in polemischer Absicht zu behandeln, so wäre es irreführend, wollte ich die Anwendung der dort bestimmenden Gesichtspunkte auf den uns hier vorliegenden Fall unterlassen. Ich setze also ergänzend und berichtigend fort: Es ist doch noch eine andere Auffassung der dem Traume zugrunde liegenden Urszene möglich, welche die vorhin getroffene Entscheidung um ein gutes Stück ablenkt und uns mancher Schwierigkeiten überhebt. Die Lehre, welche die Infantilszenen zu regressiven Symbolen herabdrücken will, wird zwar auch bei dieser Modifikation nichts gewinnen; sie scheint mir überhaupt durch diese – wie durch jede andere – Analyse einer Kinderneurose endgültig erledigt.

Ich meine nämlich, man kann sich den Sachverhalt auch in folgender Art zurechtlegen. Auf die Annahme, daß das Kind einen Koitus beobachtet, durch dessen Anblick es die Überzeugung gewonnen, daß die Kastration mehr sein könne als eine leere Drohung, können wir nicht verzichten; auch läßt uns die Bedeutung, welche späterhin den Stellungen von Mann und Weib für die Angstentwicklung und als Liebesbedingung zukommt, keine andere Wahl, als zu schließen, es müsse ein *coitus a tergo, more ferarum*, gewesen sein. Aber ein anderes Moment ist nicht so unersetzlich und mag fallengelassen werden. Es war vielleicht nicht ein Koitus der Eltern, sondern ein Tierkoitus, den das Kind beobachtet und dann auf die Eltern geschoben, als ob es erschlossen hätte, die Eltern machten es auch nicht anders.

Dieser Auffassung kommt vor allem zugute, daß die Wölfe des Traumes ja eigentlich Schäferhunde sind und auch in der Zeichnung als solche erscheinen. Kurz vor dem Traum war der Knabe wiederholt zu den Schafherden mitgenommen worden, wo er solche große weiße Hunde sehen und sie wahrscheinlich auch beim Koitus beobachten konnte. Ich möchte auch die Dreizahl, die der Träumer ohne jede weitere Motivierung hinstellte, hieher beziehen und annehmen, es sei ihm im Gedächtnis geblieben, daß er drei solcher Beobachtungen an den Schäferhunden gemacht. Was in der erwartungsvollen Erregtheit seiner Traumnacht hinzukam, war dann die Übertragung des kürzlich gewonnenen Erinnerungsbildes mit *allen* seinen Einzelheiten auf die Eltern, wodurch aber erst jene mächtigen Affektwirkungen ermöglicht wurden. Es gab jetzt ein nachträgliches Verständnis jener vielleicht vor wenigen Wochen oder Monaten empfangenen Eindrücke, ein Vorgang, wie ihn vielleicht jeder von uns an sich selbst erlebt haben mag. Die Übertragung von den koitierenden Hunden auf die Eltern vollzog sich nun nicht mittels eines an Worte gebundenen Schlußverfahrens, sondern indem eine reale Szene vom Beisammensein der Eltern in der Erinnerung aufgesucht wurde, welche sich mit der Koitussituation verschmelzen ließ. Alle in der Traumanalyse behaupteten Details der Szene mochten genau reproduziert sein. Es war wirklich an einem Sommernachmittag, während das Kind an Malaria litt, die Eltern waren in weißer Kleidung beide anwesend, als das Kind aus seinem Schlaf erwachte, aber – die Szene war harmlos. Das Übrige hatte der spätere Wunsch des Wißbegierigen, auch die Eltern bei ihrem Liebesverkehr zu belauschen, auf Grund seiner Erfahrungen an den Hunden hinzugefügt, und nun entfaltete die so phantasierte Szene alle die Wirkungen, die wir ihr nachgesagt haben, die nämlichen, als ob sie durchaus real gewesen und nicht aus zwei Bestandteilen, einem früheren indifferenten und einem späteren, höchst eindrucksvollen, zusammengekleistert worden wäre.

Es ist sofort ersichtlich, um wieviel das Maß der uns zugemuteten Glaubensleistung erleichtert wird. Wir brauchen nicht mehr anzunehmen, daß die Eltern den Koitus in Gegenwart des, wenn auch sehr jugendlichen, Kindes vollzogen haben, was für viele von uns eine unliebsame Vorstellung ist. Der Betrag der Nachträglichkeit wird sehr herabgesetzt; sie bezieht sich jetzt nur auf einige Monate des vierten Lebensjahres und greift überhaupt nicht in die dunklen ersten Kindheitsjahre zurück. An dem Verhalten des Kindes, welches von den Hunden auf die Eltern überträgt und sich vor dem Wolf anstatt vor dem Vater fürchtet, bleibt kaum etwas Befremdliches. Es befindet sich ja in der Entwicklungsphase seiner Weltanschauung, die in *Totem und Tabu* als die Wiederkehr des Totemismus gekennzeichnet worden ist. Die Lehre, welche die Urszenen der Neurosen durch Zurückphantasieren aus späteren Zeiten aufklären will, scheint in unserer Beobachtung trotz des zarten Alters von vier Jahren bei unserem Neurotiker eine starke Unterstützung zu finden. So jung er ist, so hat er es doch zustande gebracht, einen Eindruck aus dem vierten Jahr durch ein phantasiertes Trauma mit 1½ Jahren zu ersetzen; diese Regression erscheint aber weder rätselhaft noch tendenziös. Die Szene, die herzustellen war, mußte gewisse Bedingungen erfüllen, welche infolge der Lebensumstände des Träumers gerade nur in dieser frühen Zeit zu finden waren, wie z. B. die eine, daß er sich im Schlafzimmer der Eltern im Bette befand.

Für die Richtigkeit der hier vorgeschlagenen Auffassung wird es aber den meisten Lesern geradezu entscheidend scheinen, was ich aus den analytischen Ergebnissen an anderen Fällen hinzugeben kann. Die Szene einer Beobachtung des Sexualverkehrs der Eltern in sehr früher Kindheit – sei sie nun reale Erinnerung oder Phantasie – ist in den Analysen neurotischer Menschenkinder wahrlich keine Seltenheit. Vielleicht findet sie sich ebenso häufig bei den nicht neurotisch Gewordenen. Vielleicht gehört sie zum regelmäßigen Bestand ihres – bewußten oder unbewußten – Erinnerungsschatzes. So oft ich aber eine solche Szene durch Analyse entwickeln konnte, zeigte sie dieselbe Eigentümlichkeit, die uns auch bei unserem Patienten stutzig machte, sie bezog sich auf den *coitus a tergo*, der allein dem Zuschauer die Inspektion der Genitalien ermöglicht. Da braucht man wohl nicht länger zu bezweifeln, daß es sich nur um eine Phantasie handelt, die vielleicht regelmäßig durch die Beobachtung des tierischen Sexualverkehrs angeregt wird. Ja noch mehr; ich habe angedeutet, daß meine Darstellung der »Urszene« unvollständig geblieben ist, indem ich mir für später aufsparte mitzuteilen, auf welche Weise das Kind den Verkehr der Eltern stört. Ich muß jetzt hinzufügen, daß auch die Art dieser Störung in allen Fällen die nämliche ist.

Ich kann mir denken, daß ich mich jetzt schweren Verdächtigungen von Seiten der Leser dieser Krankengeschichte ausgesetzt habe. Wenn mir diese Argumente zu Gunsten einer solchen Auffassung der »Urszene« zu Gebote standen, wie könnte ich es überhaupt verantworten, zuerst eine so absurd erscheinende andere zu vertreten? Oder sollte ich im Intervall zwischen der ersten Niederschrift der Krankengeschichte und diesem Zusatz jene neuen Erfahrungen gemacht haben, die mich zur Abänderung meiner anfänglichen Auffassung genötigt haben, und wollte dies aus irgendwelchen Motiven nicht eingestehen? Ich gestehe dafür etwas anderes ein: daß ich die Absicht habe, die Diskussion über den Realwert der Urszene diesmal mit einem *non liquet* zu beschließen. Diese Krankengeschichte ist noch nicht zu Ende; in ihrem weiteren Verlauf wird ein Moment auftauchen, welches die Sicherheit stört, deren wir uns jetzt zu erfreuen glauben. Dann wird wohl nichts anderes übrig bleiben als der Verweis auf die Stellen in meinen *Vorlesungen*, in denen ich das Problem der Urphantasien oder Urszenen behandelt habe.]

VI

DIE ZWANGSNEUROSE

Zum dritten Mal erfuhr er nun eine Beeinflussung, die seine Entwicklung in entscheidender Weise abänderte. Als er 4½ Jahre alt war und sein Zustand von Reizbarkeit und Ängstlichkeit sich noch immer nicht gebessert hatte, entschloß sich die Mutter ihn mit der biblischen Geschichte bekannt zu machen, in der Hoffnung, ihn so abzulenken und zu erheben. Es gelang ihr auch, die Einführung der Religion machte der bisherigen Phase ein Ende, brachte aber eine Ablösung der Angstsymptome durch Zwangssymptome mit sich. Er hatte bisher nicht leicht einschlafen können, weil er fürchtete, ähnlich schlechte Dinge zu träumen wie in jener Nacht vor Weihnachten: er mußte jetzt vor dem Zubettgehen alle Heiligenbilder im Zimmer küssen, Gebete hersagen und ungezählte Kreuze über seine Person und sein Lager schlagen.

Seine Kindheit gliedert sich uns nun übersichtlich in folgende Epochen: erstens die Vorzeit bis zur Verführung (3¼ J.), in welche die Urszene fällt, zweitens die Zeit der Charakterveränderung bis zum Angsttraum (4 J.), drittens die Tierphobie bis zur Einführung in die Religion (4½ J.), und von da an die der Zwangsneurose bis nach dem zehnten Jahr. Eine momentane und glatte Ersetzung einer Phase durch die nächstfolgende liegt weder in der Natur der Verhältnisse, noch in der unseres Patienten, für den im Gegenteil die Erhaltung alles Vorangegangenen und die Koexistenz der verschiedenartigsten Strömungen charakteristisch waren. Die Schlimmheit schwand nicht, als die Angst auftrat, und setzte sich langsam abnehmend in die Zeit der Frömmigkeit fort. Von der Wolfsphobie ist aber in dieser letzten Phase nicht mehr die Rede. Die Zwangsneurose verlief diskontinuierlich; der erste Anfall war der längste und intensivste, andere traten zu acht und zehn Jahren auf, jedesmal nach Veranlassungen, die in ersichtlicher Beziehung zum Inhalt der Neurose standen. Die Mutter erzählte ihm die heilige Geschichte selbst und ließ ihm außerdem durch die Nanja aus einem Buch, das mit Illustrationen geschmückt war, darüber vorlesen. Das Hauptgewicht bei der Mitteilung fiel natürlich auf die Passionsgeschichte. Die Nanja, die sehr fromm und abergläubisch war, gab ihre Erläuterungen dazu, mußte aber auch alle Einwendungen und Zweifel des kleinen Kritikers anhören. Wenn die Kämpfe, die ihn nun zu erschüttern begannen, schließlich in einen Sieg des Glaubens ausliefen, so war der Einfluß der Nanja nicht unbeteiligt daran.

Was er mir als Erinnerung von seinen Reaktionen auf die Einführung in die Religion mitteilte, traf zunächst auf meinen entschiedenen Unglauben. Das konnten, meinte ich, nicht die Gedanken eines 4½- bis 5jährigen Kindes sein; wahrscheinlich schob er in diese frühe Vergangenheit zurück, was aus dem Nachdenken des bald 30jährigen Erwachsenen entsprang. Allein der Patient wollte von dieser Korrektur nichts wissen; es gelang nicht, ihn wie bei so vielen anderen Urteilsverschiedenheiten zwischen uns zu überführen; der Zusammenhang seiner erinnerten Gedanken mit seinen berichteten Symptomen sowie deren Einfügung in seine sexuelle Entwicklung nötigten mich schließlich, vielmehr ihm Glauben zu schenken. Ich sagte mir dann auch, daß gerade die Kritik gegen die Lehren der Religion, die ich dem Kinde nicht zutrauen wollte, nur von einer verschwindenden Minderzahl der Erwachsenen zustande gebracht wird.

Ich werde nun das Material seiner Erinnerungen vorbringen und erst dann nach einem Weg suchen, der zum Verständnis desselben führt.

Der Eindruck, den er von der Erzählung der heiligen Geschichte empfing, war, wie er berichtet, anfangs kein angenehmer. Er sträubte sich zuerst gegen den Leidenscharakter der Person Christi, dann gegen den ganzen Zusammenhang seiner Geschichte. Er richtete seine unzufriedene Kritik gegen Gottvater. Wenn er allmächtig sei, so sei es seine Schuld, daß die Menschen schlecht seien und andere quälen, wofür sie dann in die Hölle kommen. Er hätte sie gut machen sollen; er sei selbst verantwortlich für alles Schlechte und alle Qualen. Er nahm Anstoß an dem Gebot, die andere Wange hinzuhalten, wenn man einen Schlag auf die eine empfangen habe, daran, daß Christus am Kreuz gewünscht habe, der Kelch solle an ihm vorübergehen, aber auch daran, daß kein Wunder geschehen sei, um ihn als Gottes Sohn zu erweisen. So war also seinScharfsinn geweckt und wußte mit unerbittlicher Strenge die Schwächen der heiligen Dichtung auszuspüren.

Zu dieser rationalistischen Kritik gesellten sich aber sehr bald Grübeleien und Zweifel, die uns die Mitarbeit geheimer Regungen verraten können. Eine der ersten Fragen, die er an die Nanja richtete, war, ob Christus auch einen Hintern gehabt habe. Die Nanja gab die Auskunft, er sei ein Gott gewesen und auch ein Mensch. Als Mensch habe er alles gehabt und getan wie die anderen Menschen. Das befriedigte ihn nun gar nicht, aber er wußte sich selbst zu trösten, indem er sich sagte, der Hintere sei ja nur die Fortsetzung der Beine. Die kaum beschwichtigte Angst, die heilige Person erniedrigen zu müssen, flammte wieder auf, als ihm die Frage auftauchte, ob Christus auch geschissen habe. Die Frage getraute er sich nicht, der frommen Nanja vorzulegen, aber er fand selbst eine Ausflucht, die sie ihm nicht hätte besser zeigen können. Da Christus Wein aus dem Nichts gemacht, hätte er auch das Essen zu nichts machen und sich so die Defäkation ersparen können.

Wir werden uns dem Verständnis dieser Grübeleien nähern, wenn wir an ein vorhin besprochenes Stück seiner Sexualentwicklung anknüpfen. Wir wissen, daß sich sein Sexualleben seit der Zurückweisung durch die Nanja und die damit verbundene Unterdrückung der beginnenden Genitalbetätigung nach den Richtungen des Sadismus und Masochismus entwickelt hatte. Er quälte, mißhandelte kleine Tiere, phantasierte vom Schlagen der Pferde, anderseits vom Geschlagenwerden des Thronfolgers. Im Sadismus hielt er die uralte Identifizierung mit dem Vater aufrecht, im Masochismus hatte er sich diesen zum Sexualobjekt erkoren. Er befand sich voll in einer Phase der prägenitalen Organisation, in welcher ich die Disposition zur Zwangsneurose erblicke. Durch die Einwirkung jenes Traumes, der ihn unter den

Einfluß der Urszene brachte, hätte er den Fortschritt zur genitalen Organisation machen und seinen Masochismus gegen den Vater in feminine Einstellung gegen ihn, in Homosexualität, verwandeln können. Allein dieser Traum brachte den Fortschritt nicht, er ging in Angst aus. Das Verhältnis zum Vater, das von dem Sexualziel, von ihm gezüchtigt zu werden, zum nächsten Ziel hätte führen sollen, vom Vater koitiert zu werden wie ein Weib, wurde durch den Einspruch seiner narzißtischenMännlichkeit auf eine noch primitivere Stufe zurückgeworfen und unter Verschiebung auf einen Vaterersatz als Angst, vom Wolf gefressen zu werden, abgespalten, aber keineswegs auf diese Weise erledigt. Vielmehr können wir dem kompliziert erscheinenden Sachverhalt nur gerecht werden, wenn wir an der Koexistenz der drei auf den Vater zielenden Sexualstrebungen festhalten. Er war vom Traume an im Unbewußten homosexuell, in der Neurose auf dem Niveau des Kannibalismus; herrschend blieb die frühere masochistische Einstellung. Alle drei Strömungen hatten passive Sexualziele; es war dasselbe Objekt, die nämliche Sexualregung, aber es hatte sich eine Spaltung derselben nach drei verschiedenen Niveaus herausgebildet.

Die Kenntnis der heiligen Geschichte gab ihm nun die Möglichkeit, die vorherrschende masochistische Einstellung zum Vater zu sublimieren. Er wurde Christus, was ihm durch den gleichen Geburtstag besonders erleichtert war. Damit war er etwas Großes geworden und auch – worauf vorläufig noch nicht genug Akzent fiel – ein Mann. In dem Zweifel, ob Christus einen Hintern haben kann, schimmert die verdrängte homosexuelle Einstellung durch, denn die Grübelei konnte nichts anderes bedeuten als die Frage, ob er vom Vater gebraucht werden könne wie ein Weib, wie die Mutter in der Urszene. Wenn wir zur Auflösung der anderen Zwangsideen kommen, werden wir diese Deutung bestätigt finden. Der Verdrängung der passiven Homosexualität entsprach nun das Bedenken, daß es schimpflich sei, die heilige Person mit solchen Zumutungen in Verbindung zu bringen. Man merkt, er bemühte sich, seine neue Sublimierung von dem Zusatz freizuhalten, den sie aus den Quellen des Verdrängten bezog. Aber es gelang ihm nicht.

Wir verstehen es noch nicht, warum er sich nun auch gegen den passiven Charakter Christi und gegen die Mißhandlung durch den Vater sträubte, und damit auch sein bisheriges masochistisches Ideal, selbst in seiner Sublimierung, zu verleugnen begann. Wir dürfen annehmen, daß dieser zweite Konflikt dem Hervortreten der erniedrigenden Zwangsgedanken aus dem ersten Konflikt (zwischen herrschender masochistischer und verdrängter homosexueller Strömung) besonders günstig war, denn es ist nur natürlich, daß sich in einem seelischen Konflikt alle Gegenstrebungen, wenn auch aus den verschiedensten Quellen, miteinander summieren. Das Motiv seines Sträubens und somit der an der Religion geübten Kritik werden wir aus neuen Mitteilungen kennenlernen.

Aus den Mitteilungen über die heilige Geschichte hatte auch seine Sexualforschung Gewinn gezogen. Bisher hatte er keinen Grund zur Annahme gehabt, daß die Kinder nur von der Frau kommen. Im Gegenteile, die Nanja hatte ihn glauben lassen, er sei das Kind des Vaters, die Schwester das der Mutter, und diese nähere Beziehung zum Vater war ihm sehr wertvoll gewesen. Nun hörte er, daß Maria die Gottesgebärerin hieß. Also kamen die Kinder von der Frau und die Angabe der Nanja war nicht mehr zu halten. Ferner wurde er durch die Erzählungen irre gemacht, wer eigentlich der Vater Christi war. Er war geneigt, Josef dafür zu halten, denn er hörte ja, daß sie immer mitsammen gelebt hatten, aber die Nanja sagte: Josef war nur *wie* sein Vater, der eigentliche Vater sei Gott gewesen. Daraus konnte er nichts machen. Er verstand nur soviel: wenn man überhaupt darüber diskutieren konnte, so war das Verhältnis zwischen Vater und Sohn kein so inniges, wie er sich's immer vorgestellt hatte.

Der Knabe fühlte gewissermaßen die Gefühlsambivalenz gegen den Vater, die in allen Religionen niedergelegt ist, heraus und griff seine Religion wegen der Lockerung dieses Vaterverhältnisses an. Natürlich hörte seine Opposition bald auf, ein Zweifel an der Wahrheit der Lehre zu sein, und wandte sich dafür direkt gegen die Person Gottes. Gott hatte seinen Sohn hart und grausam behandelt, aber er war nicht besser gegen die Menschen. Er hatte seinen Sohn geopfert und dasselbe von Abraham gefordert. Er begann Gott zu fürchten.

Wenn er Christus war, so war der Vater Gott. Aber der Gott, den ihm die Religion aufdrängte, war kein richtiger Ersatz für den Vater, den er geliebt hatte, und den er sich nicht wollte rauben lassen. Die Liebe zu diesem Vater schuf ihm seinen kritischen Scharfsinn. Er wehrte sich gegen Gott, um am Vater festhalten zu können, verteidigte dabei eigentlich den alten Vater gegen den neuen. Er hatte da ein schwieriges Stück der Ablösung vom Vater zu vollbringen.

Es war also die alte, in frühester Zeit offenbar gewordene Liebe zu seinem Vater, der er die Energie zur Bekämpfung Gottes und den Scharfsinn zur Kritik der Religion entnahm. Aber anderseits war diese Feindseligkeit gegen den neuen Gott auch kein ursprünglicher Akt, sie hatte ein Vorbild in einer feindseligen Regung gegen den Vater, die unter dem Einfluß des Angsttraumes entstanden war, und war im Grunde nur ein Wiederaufleben derselben. Die beiden gegensätzlichen Gefühlsregungen, die sein ganzes späteres Leben regieren sollten, trafen sich hier zum Ambivalenzkampfe beim Thema der Religion. Was sich aus diesem Kampfe als Symptom ergab, die blasphemischen Ideen, der Zwang, der ihn überfiel, Gott – Dreck, Gott – Schwein zu denken, war darum auch ein richtiges Kompromißergebnis, wie die Analyse dieser Ideen im Zusammenhange der Analerotik uns zeigen wird.

Einige andere Zwangssymptome von minder typischer Art führen ebenso sicher auf den Vater, lassen aber auch den Zusammenhang der Zwangsneurose mit den früheren Zufällen erkennen.

Zu dem Frömmigkeitszeremoniell, mit dem er am Ende seine Gotteslästerungen sühnte, gehörte auch das Gebot, unter gewissen Bedingungen in feierlicher Weise zu atmen. Beim Kreuzeschlagen mußte er jedesmal tief einatmen oder stark aushauchen. Hauch ist in seiner Sprache gleich Geist. Das war also die Rolle des Heiligen Geistes. Er mußte den Heiligen Geist einatmen oder die bösen Geister, von denen er gehört und gelesen hatte, ausatmen. Diesen bösen Geistern schrieb er auch die blasphemischen Gedanken zu, für die er sich soviel Buße auferlegen mußte. Er war aber genötigt auszuhauchen, wenn er Bettler, Krüppel, häßliche, alte, erbarmenswerte Leute sah, und diesen Zwang verstand er nicht, mit den Geistern zusammenzubringen. Er gab sich selbst nur die Rechenschaft, er tue es um nicht zu werden wie diese.

Dann brachte die Analyse im Anschluß an einen Traum die Aufklärung, daß das Ausatmen beim Anblick der bedauernswerten Personen erst nach dem sechsten Jahre begonnen hatte und an den Vater anschloß. Er hatte den Vater lange Monate nicht gesehen, als die Mutter einmal sagte, sie würde mit den Kindern in die Stadt fahren und ihnen etwas zeigen, was sie sehr erfreuen würde. Sie brachte sie dann in ein Sanatorium, in dem sie den Vater wiedersahen; er sah schlecht aus und tat dem Sohne sehr leid. Der Vater war also auch das Urbild all der Krüppel, Bettler und Armen, vor denen er ausatmen mußte, wie er sonst das Urbild der Fratzen ist, die man in Angstzuständen sieht, und der Karikaturen, die man zum Hohne zeichnet. Wir werden noch an anderer Stelle erfahren, daß diese Mitleidseinstellung auf ein besonderes Detail der Urszene zurückgeht, welches so spät in der Zwangsneurose zur Wirkung kam.

Der Vorsatz, nicht zu werden wie diese, der sein Ausatmen vor den Krüppeln motivierte, war also die alte Vateridentifizierung, ins Negativ gewandelt. Doch kopierte er dabei den Vater auch im positiven Sinne, denn das starke Atmen war eine Nachahmung des Geräusches, das er beim Koitus vom Vater ausgehend gehört hatte. Der Heilige Geist dankte seinen Ursprung diesem Zeichen der sinnlichen Erregung des Mannes. Durch die Verdrängung wurde dies Atmen zum bösen Geist, für den noch eine andere Genealogie bestand, die Malaria nämlich, an der er zur Zeit der Urszene gelitten hatte.

Die Ablehnung dieser bösen Geister entsprach einem unverkennbar asketischen Zug, der sich noch in anderen Reaktionen äußerte. Als er hörte, daß Christus einmal böse Geister in Säue gebannt hatte, die dann in einen Abgrund stürzten, dachte er daran, daß die Schwester in ihren ersten Kinderjahren vor seiner Erinnerung vom Klippenweg des Hafens an den Strand herabgerollt war. Sie war auch so ein böser Geist und eine Sau; von hier führte ein kurzer Weg zu Gott – Schwein. Der Vater selbst hatte sich als ebenso von Sinnlichkeit beherrscht erwiesen. Als er die Geschichte der ersten Menschen erfuhr, fiel ihm die Ähnlichkeit seines Schicksals mit dem Adams auf. Er wunderte sich heuchlerischerweise im Gespräch mit der Nanja, daß Adam sich durch ein Weib hatte ins Unglück stürzen lassen, und versprach der Nanja, er werde nie heiraten. Eine Verfeindung mit dem Weibe wegen der Verführung durch die Schwester schaffte sich um diese Zeit starken Ausdruck. Sie sollte ihn in seinem späteren Liebesleben noch oft genug stören. Die Schwester wurde ihm zur dauernden Verkörperung der Versuchung und der Sünde. Wenn er gebeichtet hatte, kam er sich rein und sündenfrei vor. Dann schien es ihm aber, als ob die Schwester darauf lauerte, ihn wieder in Sünde zu stürzen, und ehe er's versah, hatte er eine Streitszene mit der Schwester provoziert, durch die er wieder sündig wurde. So war er genötigt, die Tatsache der Verführung immer wieder von Neuem zu reproduzieren. Seine blasphemischen Gedanken hatte er übrigens, so sehr sie ihn drückten, niemals in der Beichte preisgegeben.

Wir sind unversehens in die Symptomatik der späteren Jahre der Zwangsneurose geraten und wollen darum mit Hinwegsetzung über soviel, was dazwischen liegt, über ihren Ausgang berichten. Wir wissen schon, daß sie, von ihrem permanenten Bestand abgesehen, zeitweise Verstärkungen erfuhr, das eine Mal, was uns noch nicht durchsichtig sein kann, als ein Knabe in derselben Straße starb, mit dem er sich identifizieren konnte. Als er zehn Jahre alt war, bekam er einen deutschen Hofmeister, der sehr bald großen Einfluß auf ihn gewann. Es ist sehr lehrreich, daß seine ganze schwere Frömmigkeit dahinschwand, um nie wieder aufzuleben, nachdem er gemerkt und in belehrenden Gesprächen mit dem Lehrer erfahren hatte, daß dieser Vaterersatz keinen Wert auf Frömmigkeit legte und nichts von der Wahrheit der Religion hielt. DieFrömmigkeit fiel mit der Abhängigkeit vom Vater, der nun von einem neuen, umgänglicheren Vater abgelöst wurde. Dies geschah allerdings nicht ohne ein letztes Aufflackern der Zwangsneurose, von dem der Zwang besonders erinnert wurde, an die Heilige Dreieinigkeit zu denken, so oft er auf der Straße drei Häufchen Kot beisammenliegen sah. Er gab eben nie einer Anregung nach, ohne noch einen Versuch zu machen, das Entwertete festzuhalten. Als der Lehrer ihm von den Grausamkeiten gegen die kleinen Tiere abredete, machte er auch diesen Untaten ein Ende, aber nicht, ohne sich vorher noch einmal im Zerschneiden von Raupen gründlich genug getan zu haben. Er benahm sich noch in der analytischen Behandlung ebenso, indem er eine passagere »negative Reaktion« entwickelte; nach jeder einschneidenden Lösung versuchte er für eine kurze Weile, deren Wirkung durch eine Verschlechterung des gelösten Symptoms zu negieren. Man weiß, daß Kinder sich ganz allgemein ähnlich gegen Verbote benehmen. Wenn man sie angefahren hat, weil sie z. B. ein unleidliches Geräusch produzieren, so wiederholen sie es nach dem Verbot noch einmal, ehe sie damit aufhören. Sie haben dabei erreicht, daß sie anscheinend freiwillig aufgehört und dem Verbot getrotzt haben.

Unter dem Einfluß des deutschen Lehrers entstand eine neue und bessere Sublimierung seines Sadismus, der entsprechend der nahen Pubertät damals die Oberhand über den Masochismus gewonnen hatte. Er begann fürs Soldatenwesen zu schwärmen, für Uniformen, Waffen und Pferde, und nährte damit kontinuierliche Tagträume. So war er unter dem Einfluß eines Mannes von seinen passiven Einstellungen losgekommen und befand sich zunächst in ziemlich normalen Bahnen. Eine Nachwirkung der Anhänglichkeit an den Lehrer, der ihn bald darauf verließ, war es, daß er in seinem späteren Leben das deutsche Element (Ärzte, Anstalten, Frauen) gegen das heimische (Vertretung des Vaters) bevorzugte, woraus noch die Übertragung in der Kur großen Vorteil zog.

In die Zeit vor der Befreiung durch den Lehrer fällt noch ein Traum, den ich erwähne, weil er bis zu seinem Auftauchen in der Kur vergessen war. Er sah sich auf einem Pferd reitend von einer riesigen Raupe verfolgt. Er erkannte in dem Traum eine Anspielung auf einen früheren aus der Zeit vor dem Lehrer, den wir längst gedeutet hatten. In diesem früheren Traum sah er den Teufel im schwarzen Gewand und in der aufrechten Stellung, die ihn seinerzeit am Wolf und am Löwen so sehr erschreckt hatte. Mit dem ausgestreckten Finger wies er auf eine riesige Schnecke hin. Er hatte bald erraten, daß dieser Teufel der Dämon aus einer bekannten Dichtung, der Traum selbst die Umarbeitung eines sehr verbreiteten Bildes sei, das den Dämon in einer Liebesszene mit einem Mädchen darstellte. Die Schnecke war an der Stelle des Weibes als exquisit weibliches Sexualsymbol. Durch die zeigende Gebärde des Dämons geleitet, konnten wir bald als den Sinn des Traumes angeben, daß er sich nach jemand sehne, der ihm die letzten noch fehlenden Belehrungen über die Rätsel des Geschlechtsverkehrs geben sollte, wie seinerzeit der Vater in der Urszene die ersten.

Zu dem späteren Traum, in dem das weibliche Symbol durch das männliche ersetzt war, erinnerte er ein bestimmtes Erlebnis kurz vorher. Er ritt eines Tages auf dem Landgut an einem schlafenden Bauern vorüber, neben dem sein Junge lag. Dieser weckte den Vater und sagte ihm etwas, worauf der Vater den Reitenden zu beschimpfen und zu verfolgen begann, so daß er sich rasch auf seinem Pferd entfernte. Dazu die zweite Erinnerung, daß es auf demselben Gut Bäume gab, die ganz weiß, ganz von Raupen umsponnen waren. Wir verstehen, daß er auch vor der Realisierung der Phantasie die Flucht ergriff, daß der Sohn beim Vater schlafe, und daß er die weißen Bäume heranzog, um eine Anspielung an den Angsttraum von den weißen Wölfen auf dem Nußbaum herzustellen. Es war also ein direkter Ausbruch der Angst vor jener femininen Einstellung zum Mann, gegen die er sich zuerst durch die religiöse Sublimierung geschützt hatte und bald durch die militärische noch wirksamer schützen sollte.

Es wäre aber ein großer Irrtum anzunehmen, daß nach der Aufhebung der Zwangssymptome keine permanenten Wirkungen der Zwangsneurose übrig geblieben wären. Der Prozeß hatte zu einem Sieg des frommen Glaubens über die kritisch forschende Auflehnung geführt und hatte die Verdrängung der homosexuellen Einstellung zur Voraussetzung gehabt. Aus beiden Faktoren ergaben sich dauernde Nachteile. Die intellektuelle Betätigung blieb seit dieser ersten großen Niederlage schwer geschädigt. Es entwickelte sich kein Lerneifer, es zeigte sich nichts mehr von dem Scharfsinn, der seinerzeit im zarten Alter von fünf Jahren die Lehren der Religion kritisch zersetzt hatte. Die während jenes Angsttraumes erfolgte Verdrängung der überstarken Homosexualität reservierte diese bedeutungsvolle Regung für das Unbewußte, erhielt sie so bei der ursprünglichen Zieleinstellung und entzog sie all den Sublimierungen, zu denen sie sich sonst bietet. Es fehlten dem Patienten darum alle die sozialen Interessen, welche dem Leben Inhalt geben. Erst als in der analytischen Kur die Lösung dieser Fesselung der Homosexualität gelang, konnte sich der Sachverhalt zum Besseren wenden, und es war sehr merkwürdig mitzuerleben, wie – ohne direkte Mahnung des Arztes – jedes befreite Stück der homosexuellen Libido eine Anwendung im Leben und eine Anheftung an die großen gemeinsamen Geschäfte der Menschheit suchte.

<h1 style="text-align:center">VII</h1>

<h2 style="text-align:center">ANALEROTIK UND KASTRATIONSKOMPLEX</h2>

Ich bitte den Leser sich zu erinnern, daß ich diese Geschichte einer infantilen Neurose sozusagen als Nebenprodukt während der Analyse einer Erkrankung im reiferen Alter gewonnen habe. Ich mußte sie also aus noch kleineren Brocken zusammensetzen, als sonst der Synthese zu Gebote stehen. Diese sonst nicht schwierige Arbeit findet eine natürliche Grenze, wo es sich darum handelt, ein vieldimensionales Gebilde in die Ebene der Deskription zu bannen. Ich muß mich also damit begnügen, Gliederstücke vorzulegen, die der Leser zum lebenden Ganzen zusammenfügen mag. Die geschilderte Zwangsneurose entstand, wie wiederholt betont, auf dem Boden einer sadistisch-analen Konstitution. Es war aber bisher nur von dem einen Hauptfaktor, dem Sadismus und seinen Umwandlungen, die Rede. Alles, was die Analerotik betrifft, ist mit Absicht beiseite gelassen worden und soll hier gesammelt nachgetragen werden.

Die Analytiker sind längst einig darüber, daß den vielfachen Triebregungen, die man als Analerotik zusammenfaßt, eine außerordentliche, gar nicht zu überschätzende Bedeutung für den Aufbau des Sexuallebens und der seelischen Tätigkeit überhaupt zukommt. Ebenso, daß eine der wichtigsten Äußerungen der umgebildeten Erotik aus dieser Quelle in der Behandlung des Geldes vorliegt, welcher wertvolle Stoff im Laufe des Lebens das psychische Interesse an sich gezogen hat, das ursprünglich dem Kot, dem Produkt der Analzone, gebührte. Wir haben uns gewöhnt, das Interesse am Gelde, soweit es libidinöser und nicht rationeller Natur ist, auf Exkrementallust zurückzuführen und vom normalen Menschen zu verlangen, daß er sein Verhältnis zum Gelde durchaus von libidinösen Einflüssen frei halte und es nach realen Rücksichten regle.

Bei unserem Patienten war zur Zeit seiner späteren Erkrankung dies Verhältnis in besonders argem Maße gestört, und dies war nicht das Geringste an seiner Unselbständigkeit und Lebensuntüchtigkeit. Er war durch Erbschaft von Vater und Onkel sehr reich geworden, legte manifesterweise viel Wert darauf, für reich zu gelten, und konnte sich sehr kränken, wenn man ihn darin unterschätzte. Aber er wußte nicht, wieviel er besaß, was er verausgabte, was er übrig behielt. Es war schwer zu sagen, ob man ihn geizig oder verschwenderisch heißen sollte. Er benahm sich bald so, bald anders, niemals in einer Art, die auf eine konsequente Absicht hindeuten konnte. Nach einigen auffälligen Zügen, die ich weiter unten anführen werde, konnte man ihn für einen verstockten Geldprotzen halten, der in dem Reichtum den größten Vorzug seiner Person erblickt und Gefühlsinteressen neben Geldinteressen nicht einmal in Betracht ziehen läßt. Aber er schätzte andere nicht nach ihrem Reichtum ein und zeigte sich bei vielen Gelegenheiten vielmehr bescheiden, hilfsbereit und mitleidig. Das Geld war eben seiner bewußten Verfügung entzogen und bedeutete für ihn irgendetwas anderes.

Ich habe schon erwähnt, daß ich die Art sehr bedenklich fand, wie er sich über den Verlust der Schwester, die in den letzten Jahren sein bester Kamerad geworden war, mit der Überlegung tröstete: Jetzt brauche er die Erbschaft von den Eltern nicht mit ihr zu teilen. Auffälliger vielleicht war noch die Ruhe, mit welcher er dies erzählen konnte, als hätte er kein Verständnis für die so eingestandene Gefühlsroheit. Die Analyse rehabilitierte ihn zwar, indem sie zeigte, daß der Schmerz um die Schwester nur eine Verschiebung erfahren hatte, aber es wurde nun erst recht unverständlich, daß er in der Bereicherung einen Ersatz für die Schwester hatte finden wollen.

Sein Benehmen in einem anderen Falle erschien ihm selbst rätselhaft. Nach dem Tode des Vaters wurde das hinterlassene Vermögen zwischen ihm und der Mutter aufgeteilt. Die Mutter verwaltete es und kam seinen Geldansprüchen, wie er selbst zugab, in tadelloser, freigebiger Weise entgegen. Dennoch pflegte jede Besprechung über Geldangelegenheiten zwischen ihnen mit den heftigsten Vorwürfen von seiner Seite zu endigen, daß sie ihn nicht liebe, daß sie daran denke, an ihm zu sparen, und daß sie ihn wahrscheinlich am liebsten tot sehen möchte, um allein über das Geld zu verfügen. Die Mutter beteuerte dann weinend ihre Uneigennützigkeit, er schämte sich und konnte mit Recht versichern, daß er das gar nicht von ihr denke, aber er war sicher, dieselbe Szene bei nächster Gelegenheit zu wiederholen.

Daß der Kot für ihn lange Zeit vor der Analyse Geldbedeutung gehabt hat, geht aus vielen Zufällen hervor, von denen ich zwei mitteilen will. In einer Zeit, da der Darm noch unbeteiligt an seinem Leiden war, besuchte er einmal in einer großen Stadt einen armen Vetter. Als er wegging, machte er sich Vorwürfe, daß er diesen Verwandten nicht mit Geld unterstütze, und bekam unmittelbar darauf den »vielleicht stärksten Stuhldrang seines Lebens«. Zwei Jahre später setzte er wirklich diesem Vetter eine Rente aus. Der andere Fall: Mit 18 Jahren während der Vorbereitung zur Maturitätsprüfung besuchte er einen Kollegen und verabredete mit ihm, was die gemeinsame Angst, bei der Prüfung durchzufallen, ratsam erscheinen ließ. Man hatte beschlossen, den Schuldiener zu bestechen, und sein Anteil an der aufzubringenden Summe war natürlicherweise der größte. Auf dem Heimwege dachte er, er wolle gern noch mehr geben, wenn er nur durchkomme, wenn ihm bei der Prüfung nur nichts passiere, und wirklich passierte ihm ein anderes Malheur, ehe er noch bei seiner Haustüre war.

Wir sind darauf vorbereitet zu hören, daß er in seiner späteren Erkrankung an sehr hartnäckigen, wenn auch mit verschiedenen Anlässen schwankenden Störungen der Darmfunktion litt. Als er in meine Behandlung trat, hatte er sich an Lavements gewöhnt, die ihm ein Begleiter machte; spontane Entleerungen kamen Monate hindurch nicht vor, wenn nicht eine plötzliche Erregung von einer bestimmten Seite her dazukam, in deren Folge sich normale Darmtätigkeit für einige Tage herstellen konnte. Seine Hauptklage war, daß die Welt für ihn in einen Schleier gehüllt sei, oder er durch einen Schleier von der Welt getrennt sei. Dieser Schleier zerriß nur in dem einen Moment, wenn beim Lavement der Darminhalt den Darm verließ, und dann fühlte er sich auch wieder gesund und normal.

Der Kollege, an den ich den Patienten zur Begutachtung seines Darmzustandes wies, war einsichtsvoll genug, denselben für einen funktionellen oder selbst psychisch bedingten zu erklären und sich eingreifender Medikation zu enthalten. Übrigens nützte weder diese noch die angeordnete Diät. In den Jahren der analytischen Behandlung gab es keinen spontanen Stuhlgang (von jenen plötzlichen Beeinflussungen abgesehen). Der Kranke ließ sich überzeugen, daß jede intensivere Bearbeitung des störrischen Organs den Zustand noch verschlimmern würde, und gab sich damit zufrieden, ein- oder zweimal in der Woche durch ein Lavement oder ein Abführmittel eine Darmentleerung zu erzwingen.

Ich habe bei der Besprechung der Darmstörungen dem späteren Krankheitszustand des Patienten einen breiteren Raum gelassen, als es sonst im Plane dieser mit seiner Kindheitsneurose beschäftigten Arbeit liegt. Dafür waren zwei Gründe maßgebend, erstens, daß die Darmsymptomatik sich eigentlich wenig verändert aus der Kinderneurose in die spätere fortgesetzt hatte, und zweitens, daß ihr bei der Beendigung der Behandlung eine Hauptrolle zufiel.

Man weiß, welche Bedeutung der Zweifel für den Arzt hat, der eine Zwangsneurose analysiert. Er ist die stärkste Waffe des Kranken, das bevorzugte Mittel seines Widerstandes. Dank diesem

Zweifel konnte auch unser Patient, hinter einer respektvollen Indifferenz verschanzt, Jahre hindurch die Bemühungen der Kur von sich abgleiten lassen. Es änderte sich nichts, und es fand sich kein Weg, ihn zu überzeugen. Endlich erkannte ich die Bedeutung der Darmstörung für meine Absichten; sie repräsentierte das Stückchen Hysterie, welches regelmäßig zu Grunde einer Zwangsneurose gefunden wird. Ich versprach dem Patienten die völlige Herstellung seiner Darmtätigkeit, machte seinen Unglauben durch diese Zusage offenkundig, und hatte dann die Befriedigung, seinen Zweifel schwinden zu sehen, als der Darm wie ein hysterisch affiziertes Organ bei der Arbeit »mitzusprechen« begann, und im Laufe weniger Wochen seine normale, so lange beeinträchtigte Funktion wiedergefunden hatte.

Ich kehre nun zur Kindheit des Patienten zurück, in eine Zeit, zu welcher der Kot unmöglich Geldbedeutung für ihn gehabt haben kann.

Darmstörungen sind sehr frühzeitig bei ihm aufgetreten, vor allem die häufigste und für das Kind normalste, die Inkontinenz. Wir haben aber gewiß recht, wenn wir für diese frühesten Vorfälle eine pathologische Erklärung ablehnen und in ihnen nur einen Beweis für die Absicht sehen, sich in der an die Entleerungsfunktion geknüpften Lust nicht stören oder aufhalten zu lassen. Ein starkes Vergnügen an analen Witzen und Schaustellungen, wie es sonst der natürlichen Derbheit mancher Gesellschaftsklassen entspricht, hatte sich bei ihm über den Beginn der späteren Erkrankung erhalten.

Zur Zeit der englischen Gouvernante traf es sich wiederholt, daß er und die Nanja das Schlafzimmer der Verhaßten teilen mußten. Die Nanja konstatierte dann mit Verständnis, daß er gerade in diesen Nächten ins Bett gemacht hatte, was sonst nicht mehr der Fall gewesen war. Er schämte sich dessen gar nicht; es war eine Äußerung des Trotzes gegen die Gouvernante.

Ein Jahr später (zu 4½ Jahren), in der Angstzeit, passierte es ihm, daß er bei Tage die Hose schmutzig machte. Er schämte sich entsetzlich, und jammerte, als er gereinigt wurde: er könne so nicht mehr leben. Dazwischen hatte sich also etwas verändert, auf dessen Spur wir durch die Verfolgung seiner Klage geführt wurden. Es stellte sich heraus, daß er die Worte: so könne er nicht mehr leben, jemand anderem nachgeredet hatte. Irgendeinmal hatte ihn die Mutter mitgenommen, während sie den Arzt, der sie besucht hatte, zur Bahnstation begleitete. Sie klagte während dieses Weges über ihre Schmerzen und Blutungen und brach in die nämlichen Worte aus: So kann ich nicht mehr leben, ohne zu erwarten, daß das an der Hand geführte Kind sie im Gedächtnis behalten werde. Die Klage, die er übrigens in seiner späteren Krankheit ungezählte Male wiederholen sollte, bedeutete also eine – Identifizierung mit der Mutter.

Ein der Zeit und dem Inhalt nach fehlendes Mittelglied zwischen beiden Vorfällen stellte sich bald in der Erinnerung ein. Es geschah einmal zu Beginn seiner Angstzeit, daß die besorgte Mutter Warnungen ausgehen ließ, die Kinder vor der Dysenterie zu behüten, die in der Nähe des Gutes aufgetreten war. Er erkundigte sich, was das sei, und als er gehört hatte, bei der Dysenterie finde man Blut im Stuhl, wurde er sehr ängstlich und behauptete, daß auch in seinem Stuhlgang Blut sei; er fürchtete, an der Dysenterie zu sterben, ließ sich aber durch die Untersuchung überzeugen, daß er sich geirrt habe und nichts zu fürchten brauche. Wir verstehen, daß sich in dieser Angst die Identifizierung mit der Mutter durchsetzen wollte, von deren Blutungen er im Gespräch mit dem Arzt gehört hatte. Bei seinem späteren Identifizierungsversuch (mit 4½ Jahren) hatte er das Blut fallen gelassen; er verstand sich nicht mehr, vermeinte sich zu schämen und wußte nicht, daß er von Todesangst geschüttelt wurde, die sich in seiner Klage aber unzweideutig verriet.

Die unterleibsleidende Mutter war damals überhaupt ängstlich für sich und die Kinder; es ist durchaus wahrscheinlich, daß seine Ängstlichkeit sich neben ihren eigenen Motiven auf die Identifizierung mit der Mutter stützte.

Was sollte nun die Identifizierung mit der Mutter bedeuten?

Zwischen der kecken Verwendung der Inkontinenz mit 3½ Jahren und dem Entsetzen vor ihr mit 4½ Jahren liegt der Traum, mit dem seine Angstzeit begann, der ihm nachträgliches Verständnis der mit 1½ Jahren erlebten Szene und Aufklärung über die Rolle der Frau beim Geschlechtsakt brachte. Es liegt nahe, auch die Wandlung in seinem Verhalten gegen die Defäkation mit dieser großen Umwälzung zusammenzubringen. Dysenterie war ihm offenbar der Name der Krankheit, über die er die Mutter klagen gehört hatte, mit der man nicht leben könne; die Mutter galt ihm nicht als Unterleibs-, sondern als darmkrank. Unter dem Einfluß der Urszene erschloß sich ihm der Zusammenhang, daß die Mutter durch das, was der Vater mit ihr vorgenommen, krank geworden sei, und seine Angst, Blut im Stuhle zu haben, ebenso krank zu sein wie die Mutter, war die Ablehnung der Identifizierung mit der Mutter in jener sexuellen Szene, dieselbe Ablehnung, mit der er aus dem Traum erwacht war. Die Angst war aber auch der Beweis, daß er in der späteren Bearbeitung der Urszene sich an die Stelle der Mutter gesetzt, ihr diese Beziehung zum Vater geneidet hatte. Das Organ, an dem sich die Identifizierung mit dem Weibe, die passiv homosexuelle Einstellung zum Manne äußern konnte, war die Analzone. Die Störungen in der Funktion dieser Zone hatten nun die Bedeutung von femininen Zärtlichkeitsregungen bekommen und behielten sie auch während der späteren Erkrankung bei.

An dieser Stelle müssen wir nun einen Einwand anhören, dessen Diskussion viel zur Klärung der scheinbar verworrenen Sachlage beitragen kann. Wir haben ja annehmen müssen, daß er während des Traumvorganges verstanden, das Weib sei kastriert, habe anstatt des männlichen Gliedes eine Wunde, die dem Geschlechtsverkehr diene, die Kastration sei die Bedingung der Weiblichkeit, und dieses drohenden Verlustes wegen habe er die feminine Einstellung zum Manne verdrängt und sei mit Angst aus der homosexuellen Schwärmerei erwacht. Wie verträgt sich dies Verständnis des Geschlechtsverkehrs, diese Anerkennung der Vagina, mit der Auswahl des Darmes zur Identifizierung mit dem Weib? Ruhen die Darmsymptome nicht auf der wahrscheinlich älteren, der Kastrationsangst voll widersprechenden Auffassung, daß der Darmausgang die Stelle des sexuellen Verkehrs sei?

Gewiß, dieser Widerspruch besteht, und die beiden Auffassungen vertragen sich gar nicht miteinander. Die Frage ist nur, ob sie sich zu vertragen brauchen. Unser Befremden rührt daher, daß wir immer geneigt sind, die unbewußten seelischen Vorgänge wie die bewußten zu behandeln und an die tiefgehenden Verschiedenheiten der beiden psychischen Systeme zu vergessen.

Als die erregte Erwartung des Weihnachtstraumes ihm das Bild des einst beobachteten (oder konstruierten) Geschlechtsverkehres der Eltern vorzauberte, trat gewiß zuerst die alte Auffassung desselben auf, derzufolge die das Glied aufnehmende Körperstelle des Weibes der Darmausgang war. Was konnte er auch anderes geglaubt haben, als er mit 1½ Jahren Zuschauer dieser Szene war? Aber nun kam das, was sich mit vier Jahren neu ereignete. Seine seitherigen Erfahrungen, die vernommenen Andeutungen der Kastration, wachten auf und warfen einen Zweifel auf die »Kloakentheorie«, legten ihm die Erkenntnis des Geschlechtsunterschiedes und der sexuellen Rolle des Weibes nahe. Er benahm sich dabei, wie sich überhaupt Kinder benehmen, denen man eine unerwünschte Aufklärung – eine sexuelle oder andersartige – gibt. Er verwarf das Neue – in unserem Falle aus Motiven der Kastrationsangst – und hielt am Alten fest. Er entschied sich für den Darm gegen die Vagina in derselben Weise und aus ähnlichen

Motiven, wie er später gegen Gott für den Vater Partei nahm. Die neue Aufklärung wurde abgewiesen, die alte Theorie festgehalten; die letztere durfte das Material für die Identifizierung mit dem Weib abgeben, die später als Angst vor dem Darmtod auftrat, und für die ersten religiösen Skrupel, ob Christus einen Hintern gehabt habe u. dgl. Nicht als ob die neue Einsicht wirkungslos geblieben wäre; ganz im Gegenteile, sie entfaltete eine außerordentlich starke Wirkung, indem sie zum Motiv wurde, den ganzen Traumvorgang in der Verdrängung zu erhalten und von späterer bewußter Verarbeitung auszuschließen. Aber damit war ihre Wirkung erschöpft; auf die Entscheidung des sexuellen Problems nahm sie keinen Einfluß. Es war freilich ein Widerspruch, daß von da an Kastrationsangst bestehen konnte neben der Identifizierung mit dem Weib mittels des Darmes, aber doch nur ein logischer Widerspruch, was nicht viel besagt. Der ganze Vorgang ist vielmehr jetzt charakteristisch dafür, wie das Unbewußte arbeitet. Eine Verdrängung ist etwas anderes als eine Verwerfung.

Als wir die Genese der Wolfsphobie studierten, verfolgten wir die Wirkung der neuen Einsicht in den geschlechtlichen Akt; jetzt, wo wir die Störungen der Darmtätigkeit untersuchen, befinden wir uns auf dem Boden der alten Kloakentheorie. Die beiden Standpunkte bleiben durch eine Verdrängungsstufe voneinander getrennt. Die durch den Verdrängungsakt abgewiesene weibliche Einstellung zum Manne zieht sich gleichsam in die Darmsymptomatik zurück und äußert sich in den häufig auftretenden Diarrhöen, Obstipationen und Darmschmerzen der Kinderjahre. Die späteren sexuellen Phantasien, die auf der Grundlage richtiger Sexualerkenntnis aufgebaut sind, können sich nun in regressiver Weise als Darmstörungen äußern. Wir verstehen dieselben aber nicht, ehe wir den Bedeutungswandel des Kotes seit den ersten Kindheitstagen aufgedeckt haben.

Ich habe an einer früheren Stelle erraten lassen, daß vom Inhalt der Urszene ein Stück zurückgehalten ist, das ich nun nachtragen kann. Das Kind unterbrach endlich das Beisammensein der Eltern durch eine Stuhlentleerung, die sein Geschrei motivieren konnte. Für die Kritik dieses Zusatzes gilt alles das, was ich vorhin von dem anderen Inhalt derselben Szene in Diskussion gezogen habe. Der Patient akzeptierte diesen von mir konstruierten Schlußakt und schien ihn durch »passagere Symptombildung« zu bestätigen. Ein weiterer Zusatz, den ich vorgeschlagen hatte, daß der Vater über die Störung unzufrieden seinem Unmut durch Schimpfen Luft gemacht hatte, mußte wegfallen. Das Material der Analyse reagierte nicht darauf.

Das Detail, das ich jetzt hinzugefügt habe, darf natürlich mit dem anderen Inhalt der Szene nicht in eine Linie gestellt werden. Es handelt sich bei ihm nicht um einen Eindruck von außen, dessen Wiederkehr man in soviel späteren Zeichen zu erwarten hat, sondern um eine eigene Reaktion des Kindes. Es würde sich an der ganzen Geschichte nichts ändern, wenn diese Äußerung damals unterblieben oder wenn sie von später her in den Vorgang der Szene eingesetzt wäre. Ihre Auffassung ist aber nicht zweifelhaft. Sie bedeutet eine Erregtheit der Analzone (im weitesten Sinne). In anderen Fällen ähnlicher Art hat eine solche Beobachtung des Sexualverkehrs mit einer Harnentleerung geendigt; ein erwachsener Mann würde unter den gleichen Verhältnissen eine Erektion verspüren. Daß unser Knäblein als Zeichen seiner sexuellen Erregung eine Darmentleerung produziert, ist als Charakter seiner mitgebrachten Sexualkonstitution zu beurteilen. Er stellt sich sofort passiv ein, zeigt mehr Neigung zur späteren Identifizierung mit dem Weibe als mit dem Manne.

Er verwendet dabei den Darminhalt wie jedes andere Kind in einer seiner ersten und ursprünglichsten Bedeutungen. Der Kot ist das erste *Geschenk*, das erste Zärtlichkeitsopfer des Kindes, ein Teil des eigenen Leibes, dessen man sich entäußert, aber auch nur zu Gunsten einer geliebten Person. Die Verwendung zum Trotz wie in unserem Falle mit 3½ Jahren gegen die Gouvernante ist nur die negative Wendung dieser früheren Geschenkbedeutung. Der *grumus merdae*, den die Einbrecher am Tatort hinterlassen, scheint beides zu bedeuten: den Hohn und die regressiv ausgedrückte Entschädigung. Immer, wenn eine höhere Stufe erreicht ist, kann die frühere noch im negativ erniedrigten Sinne Verwendung finden. Die Verdrängung findet ihren Ausdruck in der Gegensätzlichkeit.

Auf einer späteren Stufe der Sexualentwicklung nimmt der Kot die Bedeutung des *Kindes* an. Das Kind wird ja durch den After geboren wie der Stuhlgang. Die Geschenkbedeutung des Kotes läßt diese Wandlung leicht zu. Das Kind wird im Sprachgebrauch als ein »Geschenk« bezeichnet; es wird häufiger vom Weibe ausgesagt, daß sie dem Manne »ein Kind geschenkt« hat, aber im Gebrauch des Unbewußten wird mit Recht die andere Seite des Verhältnisses, daß das Weib das Kind vom Manne als Geschenk »empfangen« hat, ebenso berücksichtigt.

Die *Geld*bedeutung des Kotes zweigt nach einer anderen Richtung von der Geschenkbedeutung ab.

Die frühe Deckerinnerung unseres Kranken, daß er einen ersten Wutanfall produziert, weil er zu Weihnachten nicht genug Geschenke bekommen habe, enthüllt nun ihren tieferen Sinn. Was er vermißte, war die Sexualbefriedigung, die er anal gefaßt hatte. Seine Sexualforschung war vor dem Traum darauf vorbereitet und hatte es während des Traumvorganges begriffen, daß der Sexualakt das Rätsel der Herkunft der kleinen Kinder löse. Er hatte die kleinen Kinder schon vor dem Traum nicht gemocht. Einmal fand er einen kleinen, noch nackten Vogel, der aus dem Nest gefallen war, hielt ihn für einen kleinen Menschen und grauste sich vor ihm. Die Analyse wies nach, daß all die kleinen Tiere, Raupen, Insekten, gegen die er wütete, ihm kleine Kinder bedeutet hatten. Sein Verhältnis zur älteren Schwester hatte ihm Anlaß gegeben, viel über die Beziehung der älteren Kinder zu den jüngeren nachzudenken; als ihm die Nanja einmal gesagt hatte, die Mutter habe ihn so lieb, weil er der jüngste sei, hatte er ein begreifliches Motiv bekommen zu wünschen, daß ihm kein jüngeres Kind nachfolgen möge. Die Angst vor diesem jüngsten wurde dann unter dem Einfluß des Traumes, der ihm den Verkehr der Eltern vorführte, neu belebt.

Wir sollen also zu den uns bereits bekannten eine neue Sexualströmung hinzufügen, die wie die anderen von der im Traum reproduzierten Urszene ausgeht. In der Identifizierung mit dem Weibe (der Mutter) ist er bereit, dem Vater ein Kind zu schenken, und eifersüchtig auf die Mutter, die das schon getan hat und vielleicht wieder tun wird.

Auf dem Umweg über den gemeinsamen Ausgang der Geschenkbedeutung kann nun das Geld die Kindbedeutung an sich ziehen und solcherart den Ausdruck der femininen (homosexuellen) Befriedigung übernehmen. Dieser Vorgang vollzog sich bei unserem Patienten, als er einmal zur Zeit, da beide Geschwister in einem deutschen Sanatorium weilten, sah, daß der Vater der Schwester zwei große Geldnoten gab. Er hatte den Vater in seiner Phantasie immer mit der Schwester verdächtigt; nun erwachte seine Eifersucht, er stürzte sich auf die Schwester, als sie allein waren, und forderte mit solchem Ungestüm und mit solchen Vorwürfen seinen Anteil am Gelde, daß ihm die Schwester weinend das Ganze hinwarf. Es war nicht allein das reale Geld gewesen, das ihn gereizt hatte, viel mehr noch das Kind, die anale Sexualbefriedigung vom Vater. Mit dieser konnte er sich dann trösten, als – zu Lebzeiten des Vaters – die Schwester gestorben war. Sein empörender Gedanke bei der Nachricht ihres Todes bedeutete eigentlich nichts anderes als: Jetzt bin ich das einzige Kind, jetzt muß der Vater mich allein liebhaben. Aber der homosexuelle Hintergrund dieser durchaus bewußtseinsfähigen Erwägung war so unerträglich, daß ihre Verkleidung in schmutzige Habsucht wohl als große Erleichterung ermöglicht wurde.

Ähnlich wenn er nach dem Tode des Vaters der Mutter jene ungerechten Vorwürfe machte, daß sie ihn ums Geld betrügen wolle, daß sie das Geld lieber habe als ihn. Die alte Eifersucht, daß sie noch ein anderes Kind als ihn geliebt, die Möglichkeit, daß sie sich noch nach ihm ein anderes Kind gewünscht, zwangen ihn zu Beschuldigungen, deren Haltlosigkeit er selbst erkannte.

Durch diese Analyse der Kotbedeutung wird uns nun klargelegt, daß die Zwangsgedanken, die Gott in Verbindung mit Kot bringen mußten, noch etwas anderes bedeuteten als die Schmähung, für die er sie erkannte. Sie waren vielmehr echte Kompromißergebnisse, an denen eine zärtliche, hingebende Strömung ebenso Anteil hatte wie eine feindselig beschimpfende. »Gott – Kot« war wahrscheinlich eine Abkürzung für ein Anerbieten, wie man es im Leben auch in ungekürzter Form zu hören bekommt. »Auf Gott scheißen«, »Gott etwas scheißen« heißt auch, ihm ein Kind schenken, sich von ihm ein Kind schenken lassen. Die alte negativ erniedrigte Geschenkbedeutung und die später aus ihr entwickelte Kindbedeutung sind in den Zwangsworten miteinander vereinigt. In der letzteren kommt eine feminine Zärtlichkeit zum Ausdruck, die Bereitwilligkeit, auf seine Männlichkeit zu verzichten, wenn man dafür als Weib geliebt werden kann. Also gerade jene Regung gegen Gott, die in dem Wahnsystem des paranoischen Senatspräsidenten Schreber in unzweideutigen Worten ausgesprochen wird.

Wenn ich später von der letzten Symptomlösung bei meinem Patienten berichten werde, wird sich noch einmal zeigen lassen, wie die Darmstörung sich in den Dienst der homosexuellen Strömung gestellt und die feminine Einstellung zum Vater ausgedrückt hatte. Eine neue Bedeutung des Kotes soll uns jetzt den Weg zur Besprechung des Kastrationskomplexes bahnen.

Indem die Kotsäule die erogene Darmschleimhaut reizt, spielt sie die Rolle eines aktiven Organs für dieselbe, benimmt sie sich wie der Penis gegen die Vaginalschleimhaut und wird gleichsam zum Vorläufer desselben in der Epoche der Kloake. Das Hergeben des Kotes zu Gunsten (aus Liebe zu) einer anderen Person wird seinerseits zum Vorbild der Kastration, es ist der erste Fall des Verzichts auf ein Stück des eigenen Körpers, um die Gunst eines geliebten Anderen zu gewinnen. Die sonst narzißtische Liebe zu seinem Penis entbehrt also nicht eines Beitrages von seiten der Analerotik. Der Kot, das Kind, der Penis ergeben also eine Einheit, einen unbewußten Begriff – *sit venia verbo* –, den des vom Körper abtrennbaren Kleinen. Auf diesen Verbindungswegen können sich Verschiebungen und Verstärkungen der Libidobesetzungvollziehen, die für die Pathologie von Bedeutung sind und von der Analyse aufgedeckt werden.

Die anfängliche Stellungnahme unseres Patienten gegen das Problem der Kastration ist uns bekannt geworden. Er verwarf sie und blieb auf dem Standpunkt des Verkehrs im After. Wenn ich gesagt habe, daß er sie verwarf, so ist die nächste Bedeutung dieses Ausdrucks, daß er von ihr nichts wissen wollte im Sinne der Verdrängung. Damit war eigentlich kein Urteil über ihre Existenz gefällt, aber es war so gut, als ob sie nicht existierte. Diese Einstellung kann aber nicht die definitive, nicht einmal für die Jahre seiner Kindheitsneurose geblieben sein. Späterhin finden sich gute Beweise dafür, daß er die Kastration als Tatsache anerkannt hatte. Er hatte sich auch in diesem Punkte benommen, wie es für sein Wesen kennzeichnend war, was uns allerdings die Darstellung wie die Einfühlung so außerordentlich erschwert. Er hatte sich zuerst gesträubt und dann nachgegeben, aber die eine Reaktion hatte die andere nicht aufgehoben. Am Ende bestanden bei ihm zwei gegensätzliche Strömungen nebeneinander, von denen die eine die Kastration verabscheute, die andere bereit war, sie anzunehmen und sich mit der Weiblichkeit als Ersatz zu trösten. Die dritte, älteste und tiefste, welche die Kastration einfach verworfen hatte, wobei das Urteil über ihre Realität noch nicht in Frage kam, war gewiß auch noch aktivierbar. Ich habe von eben diesem Patienten an anderer Stelle eine Halluzination aus seinem fünften Jahr erzählt, zu der ich hier nur einen kurzen Kommentar hinzuzufügen habe:

»Als ich fünf Jahre alt war, spielte ich im Garten neben meiner Kinderfrau und schnitzelte mit meinem Taschenmesser an der Rinde eines jener Nußbäume, die auch in meinem Traum eine Rolle spielen. Plötzlich bemerkte ich mit unaussprechlichem Schrecken, daß ich mir den kleinen Finger der (rechten oder linken?) Hand so durchgeschnitten hatte, daß er nur noch an der Haut hing. Schmerz spürte ich keinen, aber eine große Angst. Ich getraute mich nicht, der wenige Schritte entfernten Kinderfrau etwas zu sagen, sank auf die nächste Bank und blieb da sitzen, unfähig, noch einen Blick auf den Finger zu werfen. Endlich wurde ich ruhig, faßte den Finger ins Auge, und siehe da, er war ganz unverletzt.«

Wir wissen, daß mit 4½ Jahren nach der Mitteilung der heiligen Geschichte bei ihm jene intensive Denkarbeit einsetzte, die in die Zwangsfrömmigkeit auslief. Wir dürfen also annehmen, daß diese Halluzination in die Zeit fällt, in der er sich zur Anerkennung der Realität der Kastration entschloß, und daß sie vielleicht gerade diesen Schritt markieren sollte. Auch die kleine Korrektur des Patienten ist nicht ohne Interesse. Wenn er dasselbe schaurige Erlebnis halluzinierte, das Tasso im »Befreiten Jerusalem« von seinem Helden Tancred berichtet, so ist wohl die Deutung gerechtfertigt, daß auch für meinen kleinen Patienten der Baum ein Weib bedeutete. Er spielte also dabei den Vater und brachte die ihm bekannten Blutungen der Mutter mit der von ihm erkannten Kastration der Frauen, »der Wunde«, in Beziehung.

Die Anregung zur Halluzination vom abgeschnittenen Finger gab ihm, wie er später berichtete, die Erzählung, daß einer Verwandten, die mit sechs Zehen geboren wurde, dieses überzählige Glied gleich nachher mit einem Beil abgehackt wurde. Die Frauen hatten also keinen Penis, weil er ihnen bei der Geburt abgenommen worden war. Auf diesem Wege akzeptierte er zur Zeit der Zwangsneurose, was er schon während des Traumvorganges erfahren und damals durch Verdrängung von sich gewiesen hatte. Auch die rituelle Beschneidung Christi, wie der Juden überhaupt, konnte ihm während der Lektüre der heiligen Geschichte und der Gespräche über sie nicht unbekannt bleiben.

Es ist ganz unzweifelhaft, daß ihm um diese Zeit der Vater zu jener Schreckensperson wurde, von der die Kastration droht. Der grausame Gott, mit dem er damals rang, der die Menschen schuldig werden läßt, um sie dann zu bestrafen, der seinen Sohn und die Söhne der Menschen opfert, warf seinen Charakter auf den Vater zurück, den er anderseits gegen diesen Gott zu verteidigen suchte. Der Knabe hat hier ein phylogenetisches Schema zu erfüllen und bringt es zustande, wenngleich seine persönlichen Erlebnisse nicht dazu stimmen mögen. Die Kastrationsdrohungen oder Andeutungen, die er erfahren hatte, waren vielmehr von Frauen ausgegangen, aber das konnte das Endergebnis nicht für lange aufhalten. Am Ende wurde es doch der Vater, von dem er die Kastration befürchtete. In diesem Punkte siegte die Heredität über das akzidentelle Erleben; in der Vorgeschichte der Menschheit ist es gewiß der Vater gewesen, der die Kastration als Strafe übte und sie dann zur Beschneidung ermäßigte. Je weiter er auch im Verlaufe des Prozesses der Zwangsneurose in der Verdrängung der Sinnlichkeit kam, desto natürlicher mußte es ihm werden, den Vater, den eigentlichen Vertreter der sinnlichen Betätigung, mit solchen bösen Absichten auszustatten.

Die Identifizierung des Vaters mit dem Kastrator wurde bedeutungsvoll als die Quelle einer intensiven, bis zum Todeswunsch gesteigerten, unbewußten Feindseligkeit gegen ihn und der darauf reagierenden Schuldgefühle. Soweit benahm er sich aber normal, d. h. wie jeder Neurotiker, der von einem positiven Ödipuskomplex besessen ist. Das Merkwürdige war dann, daß auch hiefür bei ihm eine Gegenströmung existierte, bei der der Vater vielmehr der Kastrierte war und als solcher sein Mitleid herausforderte.

Ich habe bei der Analyse des Atemzeremoniells beim Anblick von Krüppeln, Bettlern usw. zeigen können, daß auch dieses Symptom auf den Vater zurückging, der ihm als Kranker bei dem Besuch in der Anstalt leid getan hatte. Die Analyse gestattete, diesen Faden noch weiter zurückzuverfolgen. Es gab in sehr früher Zeit, wahrscheinlich noch vor der Verführung (3¼ Jahre) auf dem Gute einen armen Taglöhner, der das Wasser ins Haus zu tragen hatte. Er konnte nicht sprechen, angeblich weil man ihm die Zunge abgeschnitten hatte. Wahrscheinlich war es ein Taubstummer. Der Kleine liebte ihn sehr und bedauerte ihn von Herzen. Als er gestorben war, suchte er ihn am Himmel. Das war also der erste von ihm bemitleidete Krüppel; nach dem Zusammenhang und der Anreihung in der Analyse unzweifelhaft ein Vaterersatz.

Die Analyse schloß an ihn die Erinnerung an andere ihm sympathische Diener an, von denen er hervorhob, daß sie kränklich oder Juden (Beschneidung!) gewesen waren. Auch der Lakai, der ihn bei seinem Malheur mit 4½ Jahren reinigen half, war ein Jude und schwindsüchtig und genoß sein Mitleid. Alle diese Personen fallen in die Zeit vor dem Besuch des Vaters im Sanatorium, also vor die Symptombildung, die vielmehr durch das Ausatmen eine Identifizierung mit den Bedauerten fernhalten sollte. Dann wandte sich die Analyse plötzlich im Anschluß an einen Traum in die Vorzeit zurück und ließ ihn die Behauptung aufstellen, daß er bei dem Koitus der Urszene das Verschwinden des Penis beobachtete, den Vater darum bemitleidet und sich über das Wiedererscheinen des verloren Geglaubten gefreut habe. Also eine neue Gefühlsregung, die wiederum von dieser Szene ausgeht. Der narzißtische Ursprung des Mitleids, für den das Wort selbst spricht, ist hier übrigens ganz unverkennbar.

VIII

NACHTRÄGE AUS DER URZEIT – LÖSUNG

In vielen Analysen geht es so zu, daß, wenn man sich dem Ende nähert, plötzlich neues Erinnerungsmaterial auftaucht, welches bisher sorgfältig verborgen gehalten wurde. Oder es wird einmal eine unscheinbare Bemerkung hingeworfen, in gleichgültigem Ton, als wäre es etwas Überflüssiges, zu dieser kommt ein andermal etwas hinzu, was den Arzt bereits aufhorchen läßt, und endlich erkennt man in jenem geringgeschätzten Brocken Erinnerung den Schlüssel zu den wichtigsten Geheimnissen, welche die Neurose des Kranken umkleidete.

Frühzeitig hatte mein Patient eine Erinnerung aus der Zeit erzählt, da seine Schlimmheit in Angst umzuschlagen pflegte. Er verfolgte einen schönen großen Schmetterling mit gelben Streifen, dessen große Flügel in spitze Fortsätze ausliefen – also einen Schwalbenschwanz. Plötzlich erfaßte ihn, als der Schmetterling sich auf eine Blume gesetzt hatte, eine schreckliche Angst vor dem Tier und er lief schreiend davon.

Diese Erinnerung kehrte von Zeit zu Zeit in der Analyse wieder und forderte ihre Erklärung, die sie lange nicht erhielt. Es war doch von vornherein anzunehmen, daß ein solches Detail nicht seinetwegen selbst einen Platz im Gedächtnis behalten hatte, sondern als Deckerinnerung Wichtigeres vertrat, womit es irgendwie verknüpft war. Er sagte eines Tages, ein Schmetterling heiße in seiner Sprache: Babuschka, altes Mütterchen; überhaupt seien ihm die Schmetterlinge wie Frauen und Mädchen, die Käfer und Raupen wie Knaben erschienen. Also mußte wohl die Erinnerung an ein weibliches Wesen bei jener Angstszene wach geworden sein. Ich will nicht verschweigen, daß ich damals die Möglichkeit vorschlug, die gelben Streifen des Schmetterlings hätten an die ähnliche Streifung eines Kleidungsstückes, das eine Frau trug, gemahnt. Ich tue das nur, um an einem Beispiel zu zeigen, wie unzureichend in der Regel die Kombination des Arztes zur Lösung der aufgeworfenen Fragen ist, wie sehr man Unrecht tut, die Phantasie und die Suggestion des Arztes für die Ergebnisse der Analyse verantwortlich zu machen.

In einem ganz anderen Zusammenhange, viele Monate später, machte dann der Patient die Bemerkung, das Öffnen und Schließen der Flügel, als der Schmetterling saß, hätte den unheimlichen Eindruck auf ihn gemacht. Dies wäre so gewesen, wie wenn eine Frau die Beine öffnet, und die Beine ergäben dann die Figur einer römischen V, bekanntlich die Stunde, um welche schon in seinen Knabenjahren, aber auch jetzt noch, eine Verdüsterung seiner Stimmung einzutreten pflegte.

Das war ein Einfall, auf den ich nie gekommen wäre, dessen Schätzung aber durch die Erwägung gewann, daß der darin bloßgelegte Assoziationsvorgang so recht infantilen Charakter hatte. Die Aufmerksamkeit der Kinder, habe ich oft bemerkt, wird durch Bewegungen weit mehr angezogen als durch ruhende Formen, und sie stellen oft Assoziationen auf Grund von ähnlicher Bewegung her, die von uns Erwachsenen vernachlässigt oder unterlassen werden.

Dann ruhte das kleine Problem wieder für lange Zeit. Ich will noch die wohlfeile Vermutung erwähnen, daß die spitzen oder stangenartigen Fortsätze der Schmetterlingsflügel eine Bedeutung als Genitalsymbole gehabt haben könnten.

Eines Tages tauchte schüchtern und undeutlich eine Art von Erinnerung auf, es müßte sehr frühe, noch vor der Kinderfrau, ein Kindermädchen gegeben haben, das ihn sehr lieb hatte. Sie hatte denselben Namen wie die Mutter. Gewiß erwiderte er ihre Zärtlichkeit. Also eine verschollene erste Liebe. Wir einigten uns aber, irgend etwas müßte da vorgefallen sein, was später von Wichtigkeit wurde.

Dann korrigierte er ein anderes Mal seine Erinnerung. Sie könne nicht so geheißen haben wie die Mutter, das war ein Irrtum von ihm, der natürlich bewies, daß sie ihm in der Erinnerung mit der Mutter zusammengeflossen war. Ihr richtiger Name sei ihm auch auf einem Umwege eingefallen. Er habe plötzlich an einen Lagerraum auf dem ersten Gute denken müssen, in dem das abgenommene Obst aufbewahrt wurde, und an eine gewisse Sorte Birnen von ausgezeichnetem Geschmack, große Birnen mit gelben Streifen auf ihrer Schale. Birne heißt in seiner Sprache *Gruscha*, und dies war auch der Name des Kindermädchens.

Also wurde es klar, daß sich hinter der Deckerinnerung des gejagten Schmetterlings das Gedächtnis des Kindermädchens verbarg. Die gelben Streifen saßen aber nicht auf ihrem Kleid, sondern auf dem der Birne, die so hieß wie sie selbst. Aber woher die Angst bei der Aktivierung der Erinnerung an sie? Die nächste plumpe Kombination hätte lauten können, bei diesem Mädchen habe er als kleines Kind zuerst die Bewegungen der Beine gesehen, die er sich mit dem Zeichen der römischen V fixiert hatte, Bewegungen, die das Genitale zugänglich machen. Wir ersparten uns diese Kombination und warteten auf weiteres Material.

Sehr bald kam nun die Erinnerung an eine Szene, unvollständig, aber soweit sie erhalten war, bestimmt. Gruscha lag auf dem Boden, neben ihr ein Kübel und ein aus Ruten gebundener kurzer Besen; er war dabei und sie neckte ihn oder machte ihn aus.

Was daran fehlte, war von anderen Stellen her leicht einzusetzen. Er hatte in den ersten Monaten der Kur von einer zwanghaft aufgetretenen Verliebtheit in ein Bauernmädchen erzählt, bei der er sich mit 18 Jahren den Anlaß zu seiner späteren Erkrankung geholt hatte. Damals hatte er sich in der auffälligsten Weise gesträubt, den Namen des Mädchens mitzuteilen. Es war ein ganz vereinzelter Widerstand; er war der analytischen Grundregel sonst ohne Rückhalt gehorsam. Aber er behauptete, er müsse sich so sehr schämen, diesen Namen auszusprechen, weil er rein bäuerlich sei; ein vornehmeres Mädchen würde ihn nie tragen. Der Name, den man endlich erfuhr, war *Matrona*. Er hatte mütterlichen Klang. Das Schämen war offenbar deplaciert. Der Tatsache selbst, daß diese Verliebtheiten ausschließlich die niedrigsten Mädchen betrafen, schämte er sich nicht, nur des Namens. Wenn das Abenteuer mit der Matrona etwas Gemeinsames mit der Gruschaszene haben konnte, dann war das Schämen in diese frühe Begebenheit zurückzuversetzen.

Er hatte ein anderes Mal erzählt, als er die Geschichte von Johannes Huß erfuhr, wurde er von ihr sehr ergriffen, und seine Aufmerksamkeit blieb an den Bündeln von Reisig hängen, die man zu seinem Scheiterhaufen schleppte. Die Sympathie für Huß erweckt nun einen ganz bestimmten Verdacht; ich habe sie bei jugendlichen Patienten oft gefunden und immer auf dieselbe Weise aufklären können. Einer derselben hatte sogar eine dramatische Bearbeitung der Schicksale des Huß geliefert; er begann sein Drama an dem Tage zu schreiben, der ihm das Objekt seiner geheim gehaltenen Verliebtheit entzog. Huß stirbt den Feuertod, er wird wie andere, welche die gleiche Bedingung erfüllen, der Held der ehemaligen Enuretiker. Die Reisigbündel beim Scheiterhaufen des Huß stellte mein Patient selbst mit dem Besen (Rutenbündel) des Kindermädchens zusammen.

Dieses Material fügte sich zwanglos zusammen, um die Lücke in der Erinnerung der Szene mit der Gruscha auszufüllen. Er hatte, als er dem Mädchen beim Aufwaschen des Bodens zusah, ins Zimmer uriniert und sie darauf eine gewiß scherzhafte Kastrationsdrohung ausgesprochen.

Ich weiß nicht, ob die Leser schon erraten können, warum ich diese frühinfantile Episode so ausführlich mitgeteilt habe. Sie stellt eine wichtige Verbindung her zwischen der Urszene und dem späteren Liebeszwang, der so entscheidend für sein Schicksal geworden ist, und führt überdies eine Liebesbedingung ein, welche diesen Zwang aufklärt.

Als er das Mädchen auf dem Boden liegen sah, mit dem Aufwaschen desselben beschäftigt, kniend, die Nates vorgestreckt, den Rücken horizontal gehalten, fand er an ihr die Stellung wieder, welche die Mutter in der Koitusszene eingenommen hatte. Sie wurde ihm zur Mutter, die sexuelle Erregung infolge der Aktivierung jenes Bildes ergriff ihn, und er benahm sich männlich gegen sie wie der Vater, dessen Aktion er damals ja nur als ein Urinieren verstanden haben konnte. Sein auf den Boden Urinieren war eigentlich ein Verführungsversuch, und das Mädchen antwortete darauf mit einer Kastrationsdrohung, als ob sie ihn verstanden hätte.

Der von der Urszene ausgehende Zwang übertrug sich auf diese Szene mit der Gruscha und wirkte durch sie fort. Die Liebesbedingung erfuhr aber eine Abänderung, welche den Einfluß der zweiten Szene bezeugt; sie übertrug sich von der Position des Weibes auf dessen Tätigkeit in solcher Position. Dies wurde z. B. in dem Erlebnis mit der Matrona evident. Er machte einen Spaziergang durch das Dorf, welches zu dem (späteren) Gut gehörte, und sah am Rand des Teiches ein kniendes Bauernmädchen, damit beschäftigt, Wäsche im Teich zu waschen. Er verliebte sich in die Wäscherin augenblicklich und mit unwiderstehlicher Heftigkeit, obwohl er ihr Gesicht noch gar nicht sehen konnte. Sie war ihm durch Lage und Tätigkeit an die Stelle der Gruscha getreten. Wir verstehen nun, wie sich das Schämen, das dem Inhalt der Szene mit der Gruscha galt, an den Namen der Matrona knüpfen konnte.

Den zwingenden Einfluß der Gruschaszene zeigt noch deutlicher ein anderer Anfall von Verliebtheit, einige Jahre vorher. Ein junges Bauernmädchen, das im Hause Dienste leistete, hatte ihm schon lange gefallen, aber er hatte es über sich vermocht, sich ihr nicht zu nähern. Eines Tages packte ihn die Verliebtheit, als er sie allein im Zimmer traf. Er fand sie auf dem Boden liegend, mit Aufwaschen beschäftigt, Kübel und Besen neben sich, also ganz wie das Mädchen in seiner Kindheit.

Selbst seine definitive Objektwahl, die für sein Leben so bedeutungsvoll wurde, erweist sich durch ihre näheren Umstände, die hier nicht anzuführen sind, als abhängig von der gleichen Liebesbedingung, als ein Ausläufer des Zwanges, der von der Urszene aus über die Szene mit Gruscha seine Liebeswahl beherrschte. Ich habe an früherer Stelle bemerkt, daß ich das Bestreben zur Erniedrigung des Liebesobjekts bei dem Patienten wohl anerkenne. Es ist auf Reaktion gegen den Druck der ihm überlegenen Schwester zurückzuführen. Aber ich versprach damals zu zeigen, daß dies Motiv selbstherrlicher Natur nicht das einzig bestimmende gewesen ist, sondern eine tiefere Determinierung durch rein erotische Motive verdeckt. Die Erinnerung an das den Boden aufwaschende, allerdings in seiner Position erniedrigte, Kindermädchen brachte diese Motivierung zum Vorschein. Alle späteren Liebesobjekte waren Ersatzpersonen dieser einen, die selbst durch den Zufall der Situation zum ersten Mutterersatz geworden war. Der erste Einfall des Patienten zum Problem der Angst vor dem Schmetterling läßt sich nachträglich leicht als fernliegende Anspielung an die Urszene erkennen (die fünfte Stunde). Die Beziehung der Gruschaszene zur Kastrationsdrohung bestätigte er durch einen besonders sinnreichen Traum, den er auch selbst zu übersetzen verstand. Er sagte: Ich habe geträumt, *ein Mann reißt einer Espe die Flügel aus.* Espe? mußte ich fragen, was meinen Sie damit? – Nun, das Insekt mit den gelben Streifen am Leib, das stechen kann. Es muß eine Anspielung an die Gruscha, die gelbgestreifte Birne, sein. – *Wespe*, meinen Sie also, konnte ich korrigieren. – Heißt es Wespe? Ich habe wirklich geglaubt, es heißt Espe. (Er bediente sich wie so viele andere seiner Fremdsprachigkeit zur Deckung von Symptomhandlungen.) Aber Espe, das bin ja ich, S. P. (die Initialen seines Namens). Die Espe ist natürlich eine verstümmelte Wespe. Der Traum sagt klar, er räche sich an der Gruscha für ihre Kastrationsandrohung.

Die Aktion des 2½ jährigen in der Szene mit Gruscha ist die erste uns bekanntgewordene Wirkung der Urszene, sie stellt ihn als Kopie des Vaters dar und läßt uns eine Entwicklungstendenz in der Richtung erkennen, die später den Namen der männlichen verdienen wird. Durch die Verführung wird er in eine Passivität gedrängt, die allerdings auch schon durch sein Benehmen als Zuschauer beim elterlichen Verkehr vorbereitet ist.

Ich muß aus der Behandlungsgeschichte noch hervorheben, daß man den Eindruck empfing, mit der Bewältigung der Gruschaszene, des ersten Erlebnisses, das er wirklich erinnern konnte und ohne mein Vermuten und Dazutun erinnerte, sei die Aufgabe der Kur gelöst gewesen. Es gab von da an keine Widerstände mehr, man brauchte nur noch zu sammeln und zusammenzusetzen. Die alte Traumatheorie, die ja auf Eindrücke aus der psychoanalytischen Therapie aufgebaut war, kam mit einem Male wieder zur Geltung. Aus kritischem Interesse machte ich noch einmal den Versuch, dem Patienten eine andere Auffassung seiner Geschichte aufzudrängen, die dem nüchternen Verstand willkommener wäre. An der Szene mit Gruscha sei ja nicht zu zweifeln, aber sie bedeute an und für sich nichts und sei hinterher verstärkt worden durch Regression von den Ereignissen seiner Objektwahl, die sich infolge der Erniedrigungstendenz von der Schwester weg auf die Dienstmädchen geworfen hätte. Die Koitusbeobachtung aber sei eine Phantasie seiner späteren Jahre, deren historischer Kern die Beobachtung oder das Erlebnis etwa eines harmlosen Lavements gewesen sein könnte. Vielleicht meinen manche Leser, erst mit diesen Annahmen hätte ich mich dem Verständnis des Falles genähert; der Patient sah mich verständnislos und etwas verächtlich an, als ich ihm diese Auffassung vortrug, und reagierte niemals wieder auf dieselbe. Meine eigenen Argumente gegen solche Rationalisierung habe ich oben im Zusammenhange entwickelt.

[Die Gruschaszene enthält aber nicht nur die für das Leben des Patienten entscheidenden Bedingungen der Objektwahl und behütet uns so vor dem Irrtum, die Bedeutung der Erniedrigungstendenz gegen das Weib zu überschätzen. Sie vermag mich auch zu rechtfertigen, wenn ich es vorhin abgelehnt habe, die Zurückführung der Urszene auf eine kurz vor dem Traum angestellte Tierbeobachtung ohne jedes Bedenken als die einzig mögliche Lösung zu vertreten. Sie war in der Erinnerung des Patienten spontan und ohne mein Dazutun aufgetaucht. Die auf sie zurückgehende Angst vor dem gelbgestreiften Schmetterling bewies, daß sie einen bedeutungsvollen Inhalt gehabt hatte oder daß es möglich geworden war, ihrem Inhalt nachträglich solche Bedeutung zu verleihen. Dies Bedeutungsvolle, was in der Erinnerung fehlte, war durch die sie begleitenden Einfälle und die daran zu knüpfenden Schlüsse mit Sicherheit zu ergänzen. Es ergab sich dann, daß die Schmetterlingsangst durchaus analog war der Wolfsangst, in beiden Fällen Angst vor der Kastration, zunächst bezogen auf die Person, welche die Kastrationsdrohung zuerst ausgesprochen hatte, sodann auf die andere verlegt, an der sie nach dem phylogenetischen Vorbild Anheftung finden mußte. Die Szene mit Gruscha war mit 2½ Jahren vorgefallen, das Angsterlebnis mit dem gelben Schmetterling aber sicherlich nach dem Angsttraum. Es ließ sich leicht verstehen, daß das spätere Verständnis für die Möglichkeit der Kastration nachträglich aus der Szene mit Gruscha die Angst entwickelt hatte; aber diese Szene selbst enthielt nichts Anstößiges oder Unwahrscheinliches, vielmehr durchaus banale Einzelheiten, an denen zu zweifeln man keinen Grund hatte. Nichts forderte dazu auf, sie auf eine Phantasie des Kindes zurückzuführen; es erscheint auch kaum möglich.

Es entsteht nun die Frage, sind wir berechtigt, in dem Urinieren des stehenden Knaben, während das auf den Knien liegende Mädchen den Boden aufwäscht, einen Beweis seiner sexuellen Erregtheit zu sehen? Dann würde diese Erregung den Einfluß eines früheren Eindrucks bezeugen, der ebensowohl die Tatsächlichkeit der Urszene, wie eine vor 2½ Jahren gemachte Beobachtung an Tieren sein könnte. Oder war jene Situation durchaus harmlos, die Harnentleerung des Kindes eine rein zufällige, und die ganze Szene wurde erst später in der Erinnerung sexualisiert, nachdem ähnliche Situationen als bedeutungsvoll erkannt worden waren?

Hier getraue ich mich nun zu keiner Entscheidung. Ich muß sagen, ich rechne es der Psychoanalyse bereits hoch an, daß sie zu solchen Fragestellungen gekommen ist. Aber ich kann es nicht verleugnen, daß die Szene mit Gruscha, die Rolle, die ihr in der Analyse zufiel, und die Wirkungen, die im Leben von ihr ausgingen, sich doch am ungezwungensten und vollständigsten erklären, wenn man die Urszene, die andere Male eine Phantasie sein mag, hier als Realität gelten läßt. Sie behauptet im Grunde nichts Unmögliches; die Annahme ihrer Realität verträgt sich auch ganz mit dem anregenden Einfluß der Tierbeobachtungen, auf welche die Schäferhunde des Traumbildes hindeuten.

Von diesem unbefriedigenden Abschluß wende ich mich zur Behandlung der Frage, die ich in den *Vorlesungen zur Einführung in die Psychoanalyse* versucht habe. Ich möchte selbst gerne wissen, ob die Urszene bei meinem Patienten Phantasie oder reales Erlebnis war, aber mit Rücksicht auf andere ähnliche Fälle muß man sagen, es sei eigentlich nicht sehr wichtig, dies zu entscheiden. Die Szenen von Beobachtung des elterlichen Sexualverkehrs, von Verführung in der Kindheit und von Kastrationsandrohung sind unzweifelhafter ererbter Besitz, phylogenetische Erbschaft, aber sie können ebensowohl Erwerb persönlichen Erlebens sein. Bei meinem Patienten war die Verführung durch die ältere Schwester eine unbestreitbare Realität; warum nicht auch die Beobachtung des elterlichen Koitus?

Wir sehen nur in der Urgeschichte der Neurose, daß das Kind zu diesem phylogenetischen Erleben greift, wo sein eigenes Erleben nicht ausreicht. Es füllt die Lücken der individuellen Wahrheit mit prähistorischer Wahrheit aus, setzt die Erfahrung der Vorahnen an die Stelle der eigenen Erfahrung ein. In der Anerkennung dieser phylogenetischen Erbschaft stimme ich mit Jung (*Die Psychologie der unbewußten Prozesse*, 1917, eine Schrift, die meine *Vorlesungen* nicht mehr beeinflussen konnte) völlig zusammen; aber ich halte es für methodisch unrichtig, zur Erklärung aus der Phylogenese zu greifen, ehe man die Möglichkeiten der Ontogenese erschöpft hat; ich sehe nicht ein, warum man der kindheitlichen Vorzeit hartnäckig eine Bedeutung bestreiten will, die man der Ahnenvorzeit bereitwillig zugesteht; ich kann nicht verkennen, daß die phylogenetischen Motive und Produktionen selbst der Aufklärung bedürftig sind, die ihnen in einer ganzen Reihe von Fällen aus der individuellen Kindheit zuteil werden kann, und zum Schlusse verwundere ich mich nicht darüber, wenn die Erhaltung der nämlichen Bedingungen beim einzelnen organisch wiedererstehen läßt, was diese einst in Vorzeiten geschaffen und als Disposition zum Wiedererwerb vererbt haben.]

In die Zwischenzeit zwischen Urszene und Verführung (1½–3¼ Jahre) ist noch der stumme Wasserträger einzuschieben, der für ihn Vaterersatz war wie die Gruscha Mutterersatz. Ich glaube, es ist unberechtigt, hier von einer Erniedrigungstendenz zu reden, wiewohl sich beide Eltern durch dienende Personen vertreten finden. Das Kind setzt sich über die sozialen Unterschiede hinweg, die ihm noch wenig bedeuten, und reiht auch geringere Leute an die Eltern an, wenn sie ihm ähnlich wie die Eltern Liebe entgegenbringen. Ebensowenig Bedeutung hat diese Tendenz für die Ersetzung der Eltern durch Tiere, deren Geringschätzung dem Kinde ganz ferne liegt. Ohne Rücksicht auf solche Erniedrigung werden Onkel und Tanten zum Elternersatz herangezogen, wie auch für unseren Patienten durch mehrfache Erinnerungen bezeugt ist.

In dieselbe Zeit gehört noch eine dunkle Kunde von einer Phase, in der er nichts essen wollte außer Süßigkeiten, so daß man Sorge für sein Fortkommen hatte. Man erzählte ihm von einem Onkel, der ebenso das Essen verweigert hatte und dann jung an der Auszehrung starb. Er hörte auch, daß er im Alter von drei Monaten so schwer krank gewesen war (an einer Lungenentzündung?), daß man schon das Totenhemd für ihn bereit gemacht hatte. Es gelang, ihn ängstlich zu machen, so daß er wieder aß; in späteren Kindheitsjahren übertrieb er sogar diese Verpflichtung, wie um sich gegen den angedrohten Tod zu schützen. Die Todesangst, die man damals zu seinem Schutz wachgerufen hatte, zeigte sich später wieder, als die Mutter vor der Dysenteriegefahr warnte; sie provozierte noch später einen Anfall der Zwangsneurose. Wir wollen versuchen, ihren Ursprüngen und Bedeutungen an späterer Stelle nachzugehen.

Für die Eßstörung möchte ich die Bedeutung einer allerersten neurotischen Erkrankung in Anspruch nehmen; so daß Eßstörung, Wolfsphobie, Zwangsfrömmigkeit die vollständige Reihe der infantilen Erkrankungen ergeben, welche die Disposition für den neurotischen Zusammenbruch in den Jahren nach der Pubertät mit sich bringen. Man wird mir entgegenhalten, daß wenige Kinder solchen Störungen wie einer vorübergehenden Eßunlust oder einer Tierphobie entgehen. Aber dies Argument ist mir sehr willkommen. Ich bin bereit zu behaupten, daß jede Neurose eines Erwachsenen sich über seiner Kinderneurose aufbaut, die aber nicht immer intensiv genug ist, um aufzufallen und als solche erkannt zu werden. Die theoretische Bedeutung der infantilen Neurosen für die Auffassung der Erkrankungen, die wir als Neurosen behandeln und nur von den Einwirkungen des späteren Lebens ableiten wollen, wird durch jenen Einwand nur gehoben. Hätte unser Patient nicht zu seiner Eßstörung und seiner Tierphobie noch die Zwangsfrömmigkeit hinzubekommen, so würde sich seine

Geschichte von der anderer Menschenkinder nicht auffällig unterscheiden, und wir wären um wertvolle Materialien, die uns vor naheliegenden Irrtümern bewahren können, ärmer.

Die Analyse wäre unbefriedigend, wenn sie nicht das Verständnis jener Klage brächte, in die der Patient sein Leiden zusammenfaßte. Sie lautete, daß ihm die Welt durch einen Schleier verhüllt sei, und die psychoanalytische Schulung weist die Erwartung ab, daß diese Worte bedeutungslos und wie zufällig gewählt sein sollten. Der Schleier zerriß – merkwürdigerweise – nur in einer Situation, nämlich, wenn infolge eines Lavements der Stuhlgang den After passierte. Dann fühlte er sich wieder wohl und sah die Welt für eine ganz kurze Weile klar. Mit der Deutung dieses »Schleiers« ging es ähnlich schwierig wie bei der Schmetterlingsangst. Auch hielt er nicht an dem Schleier fest, dieser verflüchtigte sich ihm weiter zu einem Gefühl von Dämmerung, »*tenèbres*«, und anderen ungreifbaren Dingen.

Erst kurz vor dem Abschied von der Kur besann er sich, er habe gehört, daß er in einer »Glückshaube« zur Welt gekommen sei. Darum habe er sich immer für ein besonderes Glückskind gehalten, dem nichts Böses widerfahren könne. Erst dann verließ ihn diese Zuversicht, als er die gonorrhoische Erkrankung als schwere Beschädigung an seinem Körper anerkennen mußte. Vor dieser Kränkung seines Narzißmus brach er zusammen. Wir werden sagen, er wiederholte damit einen Mechanismus, der schon einmal bei ihm gespielt hatte. Auch seine Wolfsphobie brach aus, als er vor die Tatsache, daß eine Kastration möglich sei, gestellt wurde, und die Gonorrhöe reihte er offenbar der Kastration an.

Die Glückshaube ist also der Schleier, der ihn vor der Welt und ihm die Welt verhüllte. Seine Klage ist eigentlich eine erfüllte Wunschphantasie, sie zeigt ihn wieder in den Mutterleib zurückgekehrt, allerdings die Wunschphantasie der Weltflucht. Sie ist zu übersetzen: Ich bin so unglücklich im Leben, ich muß wieder in den Mutterschoß zurück.

Was soll es aber bedeuten, daß dieser symbolische, einmal real gewesene, Schleier in dem Moment der Stuhlentleerung nach dem Klysma zerreißt, daß seine Krankheit unter dieser Bedingung von ihm weicht? Der Zusammenhang gestattet uns zu antworten: Wenn der Geburtsschleier zerreißt, so erblickt er die Welt und wird wiedergeboren. Der Stuhlgang ist das Kind, als welches er zum zweitenmal zu einem glücklicheren Leben geboren wird. Das wäre also die Wiedergeburtsphantasie, auf die Jung kürzlich die Aufmerksamkeit gelenkt und der er eine so dominierende Stellung im Wunschleben der Neurotiker eingeräumt hat.

Das wäre schön, wenn es vollständig wäre. Gewisse Einzelheiten der Situation und die Rücksicht auf den erforderlichen Zusammenhang mit der speziellen Lebensgeschichte nötigen uns, die Deutung weiter zu führen. Die Bedingung der Wiedergeburt ist, daß ihm ein Mann ein Klysma verabreicht (diesen Mann hat er erst später notgedrungen selbst ersetzt). Das kann nur heißen, er hat sich mit der Mutter identifiziert, der Mann spielt den Vater, das Klysma wiederholt den Begattungsakt, als dessen Frucht das Kotkind – wiederum er – geboren wird. Die Wiedergeburtsphantasie ist also eng mit der Bedingung der sexuellen Befriedigung durch den Mann verknüpft. Die Übersetzung lautet jetzt also: Nur wenn er sich dem Weib substituieren, die Mutter ersetzen darf, um sich vom Vater befriedigen zu lassen und ihm ein Kind zu gebären, dann ist seine Krankheit von ihm gewichen. Die Wiedergeburtsphantasie war also hier nur eine verstümmelte, zensurierte Wiedergabe der homosexuellen Wunschphantasie.

Sehen wir näher zu, so müssen wir eigentlich bemerken, daß der Kranke in dieser Bedingung seiner Heilung nur die Situation der sogenannten Urszene wiederholt: Damals wollte er sich der Mutter unterschieben; das Kotkind hat er, wie wir längst vorher angenommen hatten, in jener Szene selbst produziert. Er ist noch immer fixiert, wie gebannt, an die Szene, die für sein

Sexualleben entscheidend wurde, deren Wiederkehr in jener Traumnacht sein Kranksein eröffnete. Das Zerreißen des Schleiers ist analog dem Öffnen der Augen, dem Aufgehen der Fenster. Die Urszene ist zur Heilbedingung umgebildet worden.

Das, was durch die Klage, und was durch die Ausnahme dargestellt ist, kann man leicht zu einer Einheit zusammenziehen, die dann ihren ganzen Sinn offenbart. Er wünscht sich in den Mutterleib zurück, nicht um dann einfach wiedergeboren zu werden, sondern um dort beim Koitus vom Vater getroffen zu werden, von ihm die Befriedigung zu bekommen, ihm ein Kind zu gebären.

Vom Vater geboren worden zu sein, wie er anfänglich gemeint hatte, von ihm sexuell befriedigt zu werden, ihm ein Kind zu schenken, dies unter Preisgebung seiner Männlichkeit, und in der Sprache der Analerotik ausgedrückt: mit diesen Wünschen ist der Kreis der Fixierung an den Vater geschlossen, hiemit hat die Homosexualität ihren höchsten und intimsten Ausdruck gefunden.

Ich meine, von diesem Beispiel her fällt auch ein Licht auf Sinn und Ursprung der Mutterleibs- wie der Wiedergeburtsphantasie. Die erstere ist häufig so wie in unserem Falle aus der Bindung an den Vater hervorgegangen. Man wünscht sich in den Leib der Mutter, um sich ihr beim Koitus zu substituieren, ihre Stelle beim Vater einzunehmen. Die Wiedergeburtsphantasie ist wahrscheinlich regelmäßig eine Milderung, sozusagen ein Euphemismus, für die Phantasie des inzestuösen Verkehrs mit der Mutter, eine *anagogische* Abkürzung derselben, um den Ausdruck von H. Silberer zu gebrauchen. Man wünscht sich in die Situation zurück, in der man sich in den Genitalien der Mutter befand, wobei sich der Mann mit seinem Penis identifiziert, durch ihn vertreten läßt. Dann enthüllen sich die beiden Phantasien als Gegenstücke, die je nach der männlichen oder weiblichen Einstellung des Betreffenden dem Wunsch nach dem Sexualverkehr mit dem Vater oder der Mutter Ausdruck geben. Es ist die Möglichkeit nicht abzuweisen, daß in der Klage und Heilbedingung unseres Patienten beide Phantasien, also auch beide Inzestwünsche, vereinigt sind.

Ich will noch einmal den Versuch machen, die letzten Ergebnisse der Analyse nach dem gegnerischen Vorbild umzudeuten: Der Patient beklagt seine Weltflucht in einer typischen Mutterleibsphantasie, erblickt seine Heilung allein in einer typischgefaßten Wiedergeburt. Diese letztere drückt er in analen Symptomen entsprechend seiner vorwiegenden Veranlagung aus. Nach dem Vorbild der analen Wiedergeburtsphantasie hat er sich eine Kinderszene zurechtgemacht, die seine Wünsche in archaisch symbolischen Ausdrucksmitteln wiederholt. Seine Symptome verketten sich dann, als ob sie von einer solchen Urszene ausgingen. Zu diesem ganzen Rückweg mußte er sich entschließen, weil er auf eine Lebensaufgabe stieß, für deren Lösung er zu faul war, oder weil er allen Grund hatte, seinen Minderwertigkeiten zu mißtrauen und sich durch solche Veranstaltungen am besten vor Zurücksetzung zu schützen meinte.

Das wäre alles gut und schön, wenn der Unglückliche nur nicht schon mit vier Jahren einen Traum gehabt hätte, mit dem seine Neurose begann, der durch die Erzählung des Großvaters vom Schneider und vom Wolf angeregt wurde und dessen Deutung die Annahme einer solchen Urszene notwendig macht. An diesen kleinlichen, aber unantastbaren Tatsachen scheitern leider die Erleichterungen, die uns die Theorien von Jung und Adler verschaffen wollen. Wie die Sachen liegen, scheint mir die Wiedergeburtsphantasie eher ein Abkömmling der Urszene, als umgekehrt die Urszene eine Spiegelung der Wiedergeburtsphantasie zu sein. Vielleicht darf man auch annehmen, der Patient sei damals, vier Jahre nach seiner Geburt, doch zu jung gewesen, um sich bereits eine Wiedergeburt zu wünschen. Aber dieses letztere Argument muß ich doch zurückziehen; meine eigenen Beobachtungen beweisen, daß man die Kinder unterschätzt hat und daß man nicht mehr weiß, was man ihnen zutrauen darf.

IX

ZUSAMMENFASSUNGEN UND PROBLEME

Ich weiß nicht, ob es dem Leser des vorstehenden Analysenberichtes gelungen ist, sich ein deutliches Bild von der Entstehung und Entwicklung des Krankseins bei meinem Patienten zu machen. Vielmehr ich fürchte, es ist nicht der Fall gewesen. Aber, so wenig ich sonst für die Kunst meiner Darstellung Partei genommen habe, diesmal möchte ich doch auf mildernde Umstände plädieren. Es ist eine Aufgabe gewesen, die noch niemals zuvor in Angriff genommen wurde, in die Beschreibung so frühe Phasen und so tiefe Schichten des Seelenlebens einzuführen, und es ist besser, man löst sie schlecht, als man ergreift vor ihr die Flucht, was ja überdies mit gewissen Gefahren für den Verzagten verbunden sein soll. Man zeigt also lieber kühnlich, daß man sich durch das Bewußtsein seiner Minderwertigkeiten nicht hat abhalten lassen.

Der Fall selbst war nicht besonders günstig. Was den Reichtum der Auskünfte über die Kindheit ermöglichte, daß man das Kind durch das Medium des Erwachsenen studieren konnte, mußte mit den ärgsten Zerstücklungen der Analyse und den entsprechenden Unvollständigkeiten in der Darstellung erkauft werden. Persönliche Eigentümlichkeiten, ein dem unsrigen fremder Nationalcharakter, machten die Einfühlung mühsam. Der Abstand zwischen der liebenswürdig entgegenkommenden Persönlichkeit des Kranken, seiner scharfen Intelligenz, vornehmen Denkungsart und seinem völlig ungebändigten Triebleben machte eine überlange Vorbereitungs- und Erziehungsarbeit notwendig, durch welche die Übersicht erschwert wurde. An dem Charakter des Falles, welcher der Beschreibung die härtesten Aufgaben stellte, ist der Patient selbst aber völlig unschuldig. Wir haben es in der Psychologie des Erwachsenen glücklich dahin gebracht, die seelischen Vorgänge in bewußte und unbewußte zu scheiden und beide in klaren Worten zu beschreiben. Beim Kinde läßt diese Unterscheidung uns beinahe im Stiche. Man ist oft in Verlegenheit anzugeben, was man als bewußt und was man als unbewußt bezeichnen möchte. Vorgänge, die die herrschenden geworden sind und die nach ihrem späteren Verhalten den bewußten gleichgestellt werden müssen, sind beim Kinde dennoch nicht bewußt gewesen. Man kann leicht verstehen, warum; das Bewußte hat beim Kinde noch nicht alle seine Charaktere gewonnen, es ist noch in der Entwicklung begriffen und besitzt nicht recht die Fähigkeit, sich in Sprachvorstellungen umzusetzen. Die Verwechslung, deren wir uns sonst regelmäßig schuldig machen, zwischen dem Phänomen, als Wahrnehmung im Bewußtsein aufzutreten, und der Zugehörigkeit zu einem angenommenen psychischen System, das wir irgendwie konventionell benennen sollten, das wir aber gleichfalls Bewußtsein (System *Bw*) heißen, diese Verwechslung ist harmlos bei der psychologischen Beschreibung des Erwachsenen, aber irreführend für die des kleinen Kindes. Auch die Einführung des »Vorbewußten« nützt hier nicht viel, denn das Vorbewußte des Kindes braucht sich mit dem des Erwachsenen ebensowenig zu decken. Man begnügt sich also damit, die Dunkelheit klar erkannt zu haben.

Es ist selbstverständlich, daß ein Fall wie der hier beschriebene Anlaß geben könnte, alle Ergebnisse und Probleme der Psychoanalyse in Diskussion zu ziehen. Es wäre eine unendliche und eine ungerechtfertigte Arbeit. Man muß sich sagen, daß man aus einem einzigen Fall nicht alles erfahren, an ihm nicht alles entscheiden kann, und sich darum begnügen, ihn für das zu verwerten, was er am deutlichsten zeigt. Die Erklärungsaufgabe in der Psychoanalyse ist überhaupt enge begrenzt. Zu erklären sind die auffälligen Symptombildungen durch Aufdeckung ihrer Genese; die psychischen Mechanismen und Triebvorgänge, zu denen man so geführt wird, sind nicht zu erklären, sondern zu beschreiben. Um aus den Feststellungen über diese beiden letzteren Punkte neue Allgemeinheiten zu gewinnen, sind zahlreiche solche gut und tief analysierte Fälle erforderlich. Sie sind nicht leicht zu haben, jeder einzelne verbraucht jahrelange Arbeit. Der Fortschritt in diesen Gebieten kann sich also nur langsam vollziehen. Die Versuchung liegt freilich sehr nahe, sich damit zu begnügen, daß man bei einer Anzahl von Personen die psychische Oberfläche »ankratzt« und das Unterlassene dann durch Spekulation ersetzt, die man unter die Patronanz irgendeiner philosophischen Richtung stellt. Man kann auch praktische Bedürfnisse zu Gunsten dieses Verfahrens geltend machen, aber die Bedürfnisse der Wissenschaft lassen sich durch kein Surrogat befriedigen.

Ich will versuchen, eine synthetische Übersicht der Sexualentwicklung meines Patienten zu entwerfen, bei der ich mit den frühesten Anzeichen beginnen kann. Das erste, was wir über ihn hören, ist die Störung der Eßlust, die ich nach anderen Erfahrungen, aber doch mit aller Zurückhaltung, als den Erfolg eines Vorgangs auf sexuellem Gebiet auffassen will. Als die erste kenntliche Sexualorganisation habe ich die sogenannte *kannibale* oder *orale* betrachten müssen, in welcher die ursprüngliche Anlehnung der Sexualerregung an den Eßtrieb noch die Szene beherrscht. Direkte Äußerungen dieser Phase werden nicht zu erwarten sein, wohl aber Anzeichen bei eingetretenen Störungen. Die Beeinträchtigung des Eßtriebs – die natürlich sonst auch andere Ursachen haben kann – macht uns dann aufmerksam, daß eine Bewältigung sexueller Erregung dem Organismus nicht gelungen ist. Das Sexualziel dieser Phase könnte nur der Kannibalismus, das Fressen sein; es kommt bei unserem Patienten durch Regression von einer höheren Stufe her in der Angst zum Vorschein: vom Wolf gefressen zu werden. Diese Angst mußten wir uns ja übersetzen: vom Vater koitiert zu werden. Es ist bekannt, daß es in weit vorgerückteren Jahren, bei Mädchen in den Zeiten der Pubertät oder bald nachher, eine Neurose gibt, welche die Sexualablehnung durch Anorexie ausdrückt; man wird sie in Beziehung zu dieser oralen Phase des Sexuallebens bringen dürfen. Auf der Höhe des verliebten Paroxysmus (»ich könnte dich fressen vor Liebe«) und im zärtlichen Verkehr mit kleinen Kindern, wobei der Erwachsene sich selbst wie infantil gebärdet, tritt das Liebesziel der oralen Organisation wieder auf. Ich habe an anderer Stelle die Vermutung ausgesprochen, daß der Vater unseres Patienten selbst das »zärtliche Schimpfen« gehabt, mit dem Kleinen Wolf oder Hund gespielt und ihn im Scherz mit dem Auffressen bedroht hat. Der Patient hat diese Vermutung durch sein auffälliges Benehmen in der Übertragung nur bestätigt. So oft er vor Schwierigkeiten der Kur auf die Übertragung zurückwich, drohte er mit dem Auffressen und später mit allen anderen möglichen Mißhandlungen, was alles nur Ausdruck von Zärtlichkeit war.

Der Sprachgebrauch hat gewisse Prägungen dieser oralen Sexualphase dauernd angenommen, er spricht von einem »appetitlichen« Liebesobjekt, nennt die Geliebte »süß«. Wir erinnern uns, daß unser kleiner Patient auch nur Süßes essen wollte. Süßigkeiten, Bonbons vertreten im Traume regelmäßig Liebkosungen, sexuelle Befriedigungen.

Es scheint, daß zu dieser Phase auch eine Angst gehört (im Falle von Störung natürlich), die als Lebensangst auftritt und sich an alles heften kann, was dem Kinde als geeignet bezeichnet wird. Bei unserem Patienten wurde sie dazu benützt, um ihn zur Überwindung seiner Eßunlust, ja zur Überkompensation derselben anzuleiten. Auf die mögliche Quelle seiner Eßstörung werden wir geleitet, wenn wir – auf dem Boden jener vielberedeten Annahme – daran erinnern, daß die Koitusbeobachtung, von welcher so viele nachträgliche Wirkungen ausgingen, in das Alter von

1½ Jahren, sicherlich vor der Zeit der Eßschwierigkeiten fällt. Vielleicht dürfen wir annehmen, daß sie die Prozesse der Sexualreifung beschleunigt und so auch direkte, wenn auch unscheinbare Wirkungen entfaltet hat.

Ich weiß natürlich auch, daß man die Symptomatik dieser Periode, die Wolfsangst, die Eßstörung anders und einfacher erklären kann, ohne Rücksicht auf die Sexualität und eine prägenitale Organisationsstufe derselben. Wer die Zeichen der Neurotik und den Zusammenhang der Erscheinungen gern vernachlässigt, wird diese andere Erklärung vorziehen, und ich werde ihn daran nicht hindern können. Es ist schwer, über diese Anfänge des Sexuallebens anders als auf den angezeigten Umwegen etwas Zwingendes zu eruieren.

Die Szene mit der Gruscha um (2½ Jahre) zeigt uns unseren Kleinen zu Beginn einer Entwicklung, welche die Anerkennung als normal verdient, vielleicht bis auf ihre Vorzeitigkeit: Identifizierung mit dem Vater, Harnerotik in Vertretung der Männlichkeit. Sie steht ja auch ganz unter dem Einfluß der Urszene. Die Vateridentifizierung haben wir bisher als eine narzißtische aufgefaßt, mit Rücksicht auf den Inhalt der Urszene können wir es nicht abweisen, daß sie bereits der Stufe der Genitalorganisation entspricht. Das männliche Genitale hat seine Rolle zu spielen begonnen und setzt sie unter dem Einfluß der Verführung durch die Schwester fort.

Man bekommt aber den Eindruck, daß die Verführung nicht bloß die Entwicklung fördert, sondern sie noch in höherem Grade stört und ablenkt. Sie gibt ein passives Sexualziel, welches mit der Aktion des männlichen Genitales im Grunde unverträglich ist. Beim ersten äußeren Hindernis, bei der Kastrationsandeutung der Nanja, bricht (mit 3½ Jahren) die noch zaghafte genitale Organisation zusammen und regrediert auf die ihr vorhergehende Stufe der sadistisch-analen Organisation, welche vielleicht sonst mit ebenso leichten Anzeichen wie bei anderen Kindern durchlaufen worden wäre.

Die sadistisch-anale Organisation ist leicht als Fortbildung der oralen zu erkennen. Die gewaltsame Muskelbetätigung am Objekt, die sie auszeichnet, findet ihre Stelle als vorbereitender Akt für das Fressen, das dann als Sexualziel ausfällt. Der vorbereitende Akt wird ein selbständiges Ziel. Die Neuheit gegen die vorige Stufe besteht wesentlich darin, daß das aufnehmende, passive Organ, von der Mundzone abgesondert, an der Analzone ausgebildet wird. Biologische Parallelen oder die Auffassung der prägenitalen menschlichen Organisationen als Reste von Einrichtungen, die in manchen Tierklassen dauernd festgehalten werden, liegen hier sehr nahe. Die Konstituierung des Forschertriebes aus seinen Komponenten ist für diese Stufe gleichfalls charakteristisch.

Die Analerotik macht sich nicht auffällig bemerkbar. Der Kot hat unter dem Einfluß des Sadismus seine zärtliche gegen seine offensive Bedeutung vertauscht. An der Verwandlung des Sadismus in Masochismus ist ein Schuldgefühl mitbeteiligt, welches auf Entwicklungsvorgänge in anderen als den sexuellen Sphären hinweist.

Die Verführung setzt ihren Einfluß fort, indem sie die Passivität des Sexualziels aufrechterhält. Sie verwandelt jetzt den Sadismus zu einem großen Teil in sein passives Gegenstück, den Masochismus. Es ist fraglich, ob man den Charakter der Passivität ganz auf ihre Rechnung setzen darf, denn die Reaktion des 1½jährigen Kindes auf die Koitusbeobachtung war bereits vorwiegend eine passive. Die sexuelle Miterregung äußerte sich in einer Stuhlentleerung, an der allerdings auch ein aktiver Anteil zu unterscheiden ist. Neben dem Masochismus, der seine Sexualstrebung beherrscht und sich in Phantasien äußert, bleibt auch der Sadismus bestehen und betätigt sich gegen kleine Tiere. Seine Sexualforschung hat von der Verführung an eingesetzt, wesentlich zwei Probleme in Angriff genommen, woher die Kinder kommen, und ob ein Verlust des Genitales möglich ist, und verwebt sich mit den Äußerungen seiner Triebregungen. Sie lenkt seine sadistischen Neigungen auf die kleinen Tiere als Repräsentanten der kleinen Kinder.

Wir haben die Schilderung bis in die Nähe des vierten Geburtstages geführt, zu welchem Zeitpunkt der Traum die Koitusbeobachtung von 1½ Jahren zur nachträglichen Wirkung bringt. Die Vorgänge, die sich nun abspielen, können wir weder vollständig erfassen, noch sie hinreichend beschreiben. Die Aktivierung des Bildes, das nun dank der vorgeschrittenen intellektuellen Entwicklung verstanden werden kann, wirkt wie ein frisches Ereignis, aber auch wie ein neues Trauma, ein fremder Eingriff analog der Verführung. Die abgebrochene genitale Organisation wird mit einem Schlage wieder eingesetzt, aber der im Traum vollzogene Fortschritt kann nicht festgehalten werden. Es kommt vielmehr durch einen Vorgang, den man nur einer Verdrängung gleichstellen kann, zur Ablehnung des Neuen und dessen Ersetzung durch eine Phobie.

Die sadistisch-anale Organisation bleibt also auch in der jetzt einsetzenden Phase der Tierphobie fortbestehen, nur sind ihr die Angsterscheinungen beigemengt. Das Kind setzt die sadistischen wie die masochistischen Betätigungen fort, doch reagierte es mit Angst gegen einen Teil derselben; die Verkehrung des Sadismus in sein Gegenteil macht wahrscheinlich weitere Fortschritte.

Aus der Analyse des Angsttraumes entnehmen wir, daß die Verdrängung sich an die Erkenntnis der Kastration anschließt. Das Neue wird verworfen, weil seine Annahme den Penis kosten würde. Eine sorgfältigere Überlegung läßt etwa folgendes erkennen: Das Verdrängte ist die homosexuelle Einstellung im genitalen Sinne, die sich unter dem Einfluß der Erkenntnis gebildet hatte. Sie bleibt nun aber fürs Unbewußte erhalten, als eine abgesperrte tiefere Schichtung konstituiert. Der Motor dieser Verdrängung scheint die narzißtische Männlichkeit des Genitales zu sein, die in einen längst vorbereiteten Konflikt mit der Passivität des homosexuellen Sexualzieles gerät. Die Verdrängung ist also ein Erfolg der Männlichkeit.

Man käme in Versuchung, von hier aus ein Stück der psychoanalytischen Theorie abzuändern. Man glaubt doch mit Händen zu greifen, daß es der Konflikt zwischen männlichen und weiblichen Strebungen, also die Bisexualität, ist, aus der die Verdrängung und Neurosenbildung hervorgeht. Allein diese Auffassung ist lückenhaft. Von den beiden widerstreitenden Sexualregungen ist die eine ichgerecht, die andere beleidigt das narzißtische Interesse; sie verfällt darum der Verdrängung. Es ist auch in diesem Falle das Ich, von dem die Verdrängung ins Werk gesetzt wird, zu Gunsten einer der sexuellen Strebungen. In anderen Fällen existiert ein solcher Konflikt zwischen Männlichkeit und Weiblichkeit nicht; es ist nur eine Sexualstrebung da, die Annahme heischt, aber gegen gewisse Mächte des Ichs verstößt und darum selbst verstoßen wird. Weit häufiger als Konflikte innerhalb der Sexualität selbst finden sich ja die anderen vor, die sich zwischen der Sexualität und den moralischen Ichtendenzen ergeben. Ein solcher moralischer Konflikt fehlt in unserem Falle. Die Betonung der Bisexualität als Motiv der Verdrängung wäre also zu enge; die des Konflikts zwischen Ich und Sexualstreben (Libido) deckt alle Vorkommnisse.

Der Lehre vom »männlichen Protest«, wie sie Adler ausgebildet hat, ist entgegenzuhalten, daß die Verdrängung keineswegs immer die Partei der Männlichkeit nimmt und die Weiblichkeit betrifft; in ganzen großen Klassen von Fällen ist es die Männlichkeit, die sich vom Ich die Verdrängung gefallen lassen muß.

Eine gerechtere Würdigung des Verdrängungsvorganges in unserem Falle würde übrigens der narzißtischen Männlichkeit die Bedeutung des einzigen Motivs bestreiten. Die homosexuelle Einstellung, die während des Traumes zustande kommt, ist eine so intensive, daß das Ich des kleinen Menschen an ihrer Bewältigung versagt und sich durch den Verdrängungsvorgang ihrer erwehrt. Als Helfer bei dieser Absicht wird die ihr gegensätzliche narzißtische Männlichkeit des Genitales herangezogen. Daß alle narzißtischen Regungen vom Ich aus wirken und beim Ich verbleiben, die Verdrängungen gegen libidinöse Objektbesetzungen gerichtet sind, soll nur zur Vermeidung von Mißverständnissen ausgesprochen werden.

Wenden wir uns von dem Vorgang der Verdrängung, dessen restlose Bewältigung uns vielleicht nicht geglückt ist, zu dem Zustand, der sich beim Erwachen aus dem Traum ergibt. Wäre es wirklich die Männlichkeit gewesen, die während des Traumvorganges über die Homosexualität (Weiblichkeit) gesiegt hat, so müßten wir nun eine aktive Sexualstrebung von bereits ausgesprochen männlichem Charakter als die herrschende finden. Davon ist keine Rede, das Wesentliche der Sexualorganisation hat sich nicht geändert, die sadistisch-anale Phase setzt ihren Bestand fort, sie ist die herrschende geblieben. Der Sieg der Männlichkeit zeigt sich bloß darin, daß nun auf die passiven Sexualziele der herrschenden Organisation (die masochistisch, aber nicht weiblich sind) mit Angst reagiert wird. Es ist keine sieghafte männliche Sexualregung vorhanden, sondern nur eine passive und ein Sträuben gegen dieselbe.

Ich kann mir vorstellen, welche Schwierigkeiten die ungewohnte, aber unerläßliche scharfe Scheidung von aktiv-männlich und passiv-weiblich dem Leser bereitet und will darum Wiederholungen nicht vermeiden. Den Zustand nach dem Traume kann man also in folgender Art beschreiben: Die Sexualstrebungen sind zerspalten worden, im Unbewußten ist die Stufe der genitalen Organisation erreicht und eine sehr intensive Homosexualität konstituiert, darüber besteht (virtuell im Bewußten) die frühere sadistische und überwiegend masochistische Sexualströmung, das Ich hat seine Stellung zur Sexualität im ganzen geändert, es befindet sich in Sexualablehnung und weist die herrschenden masochistischen Ziele mit Angst ab, wie es auf die tieferen homosexuellen mit der Bildung einer Phobie reagiert hat. Der Erfolg des Traumes war also nicht so sehr der Sieg einer männlichen Strömung, sondern die Reaktion gegen eine feminine und eine passive. Es wäre gewaltsam, dieser Reaktion den Charakter der Männlichkeit zuzuschreiben. Das Ich hat eben keine Sexualstrebungen, sondern nur das Interesse an seiner Selbstbewahrung und der Erhaltung seines Narzißmus.

Fassen wir nun die Phobie ins Auge. Sie ist auf dem Niveau der genitalen Organisation entstanden, zeigt uns den relativ einfachen Mechanismus einer Angsthysterie. Das Ich schützt sich durch Angstentwicklung vor dem, was es als übermächtige Gefahr wertet, vor der homosexuellen Befriedigung. Doch hinterläßt der Verdrängungsvorgang eine nicht zu übersehende Spur. Das Objekt, an das sich das gefürchtete Sexualziel geknüpft hat, muß sich vor dem Bewußtsein durch ein anderes vertreten lassen. Nicht die Angst vor dem *Vater*, sondern die vor dem *Wolf* wird bewußt. Es bleibt auch nicht bei der Bildung der Phobie mit dem einen Inhalt. Der Wolf ersetzt sich eine ganze Weile später durch den Löwen. Mit den sadistischen Regungen gegen die kleinen Tiere konkurriert eine Phobie vor ihnen als Vertreter der Nebenbuhler, der möglichen kleinen Kinder. Besonders interessant ist die Entstehung der Schmetterlingsphobie. Es ist wie eine Wiederholung des Mechanismus, der im Traum die Wolfsphobie erzeugt hat. Durch eine zufällige Anregung wird ein altes Erlebnis aktiviert, die Szene mit Gruscha, deren Kastrationsdrohung nachträglich zur Wirkung kommt, während sie, als sie vorfiel, ohne Eindruck geblieben war.

Man kann sagen, die Angst, welche in die Bildung dieser Phobien eingeht, ist Kastrationsangst. Diese Aussage enthält keinen Widerspruch gegen die Auffassung, die Angst sei aus der Verdrängung homosexueller Libido hervorgegangen. In beiden Ausdrucksweisen meint man den nämlichen Vorgang, daß das Ich der homosexuellen Wunschregung Libido entzieht, welche in freischwebende Angst umgesetzt wird und sich dann in Phobien binden läßt. In der ersten Ausdrucksweise hat man nur das Motiv, welches das Ich treibt, mitbezeichnet.

Bei näherem Zusehen findet man nun, daß diese erste Erkrankung unseres Patienten (von der Eßstörung abzusehen) durch das Herausgreifen der Phobie nicht erschöpft wird, sondern als eine echte Hysterie verstanden werden muß, der neben Angstsymptomen auch Konversionserscheinungen zukommen. Ein Anteil der homosexuellen Regung wird in dem bei ihr beteiligten Organ festgehalten; der Darm benimmt sich von dann an und ebenso in der Spätzeit wie ein hysterisch affiziertes Organ. Die unbewußte, verdrängte Homosexualität hat sich in den Darm zurückgezogen. Gerade dieses Stück Hysterie hat dann bei der Lösung des späteren Krankseins die besten Dienste geleistet.

Nun soll es uns auch nicht am Mute mangeln, die noch komplizierteren Verhältnisse der Zwangsneurose in Angriff zu nehmen. Halten wir uns nochmals die Situation vor: eine herrschende masochistische und eine verdrängte homosexuelle Sexualströmung, dagegen ein in hysterischer Ablehnung befangenes Ich; welche Vorgänge wandeln diesen Zustand in den der Zwangsneurose um?

Die Verwandlung geschieht nicht spontan, durch innere Fortentwicklung, sondern durch fremden Einfluß von außen. Ihr sichtbarer Erfolg ist, daß das im Vordergrund stehende Verhältnis zum Vater, welches bisher in der Wolfsphobie Ausdruck gefunden hatte, sich nun in Zwangsfrömmigkeit äußert. Ich kann es nicht unterlassen, darauf hinzuweisen, daß der Vorgang bei diesem Patienten eine unzweideutige Bestätigung einer Behauptung liefert, die ich in *Totem und Tabu* über das Verhältnis des Totemtieres zur Gottheit aufgestellt habe. Ich entschied mich dort dafür, daß die Gottesvorstellung nicht eine Fortentwicklung des Totem sei, sondern sich unabhängig von ihm aus der gemeinsamen Wurzel beider zu seiner Ablösung erhebe. Der Totem sei der erste Vaterersatz, der Gott aber ein späterer, in dem der Vater seine menschliche Gestalt wiedergewinne. So finden wir es auch bei unserem Patienten. Er macht in der Wolfsphobie das Stadium des totemistischen Vaterersatzes durch, welches nun abbricht und infolge neuer Relationen zwischen ihm und dem Vater durch eine Phase von religiöser Frömmigkeit ersetzt wird.

Der Einfluß, welcher diese Wandlung hervorruft, ist die durch die Mutter vermittelte Bekanntschaft mit den Lehren der Religion und mit der heiligen Geschichte. Das Ergebnis wird das von der Erziehung gewünschte. Der sadistisch-masochistischen Sexualorganisation wird ein langsames Ende bereitet, die Wolfsphobie verschwindet rasch, an Stelle der Angstablehnung der Sexualität tritt eine höhere Form der Unterdrückung derselben. Die Frömmigkeit wird zur herrschenden Macht im Leben des Kindes. Allein diese Überwindungen gehen nicht ohne Kämpfe vor sich, als deren Zeichen die blasphemischen Gedanken erscheinen und als deren Folge eine zwanghafte Übertreibung des religiösen Zeremoniells sich festsetzt.

Wenn wir von diesen pathologischen Phänomenen absehen, können wir sagen, die Religion hat in diesem Falle alles das geleistet, wofür sie in der Erziehung des Individuums eingesetzt wird. Sie hat seine Sexualstrebungen gebändigt, indem sie ihnen eine Sublimierung und feste Verankerung bot, seine familiären Beziehungen entwertet und damit einer drohenden Isolierung vorgebeugt, dadurch, daß sie ihm den Anschluß an die große Gemeinschaft der Menschen eröffnete. Das wilde, verängstigte Kind wurde sozial, gesittet und erziehbar.

Der Hauptmotor des religiösen Einflusses war die Identifizierung mit der Christusgestalt, die ihm durch die Zufälligkeit seines Geburtsdatums besonders nahegelegt war. Hier fand die übergroße Liebe zum Vater, welche die Verdrängung notwendig gemacht hatte, endlich einen Ausweg in eine ideale Sublimierung. Als Christus durfte man den Vater, der nun Gott hieß, mit einer Inbrunst lieben, die beim irdischen Vater vergeblich nach Entladung gesucht hatte. Die Wege, auf denen man diese Liebe bezeugen konnte, waren von der Religion angezeigt, an ihnen haftete auch nicht das Schuldbewußtsein, das sich von den individuellen Liebesstrebungen nicht ablösen ließ. Wenn so die tiefste, bereits als unbewußte Homosexualität niedergeschlagene Sexualströmung noch drainiert werden konnte, so fand die oberflächlichere masochistische Strebung eine unvergleichliche Sublimierung ohne viel Verzicht in der Leidensgeschichte Christi, der sich im Auftrage und zu Ehren des göttlichen Vaters hatte mißhandeln und opfern lassen. So tat die Religion ihr Werk bei dem kleinen Entgleisten durch Mischung von Befriedigung, Sublimierung, Ablenkung vom Sinnlichen auf rein geistige Prozesse, und die Eröffnung sozialer Beziehungen, die sie dem Gläubigen bietet.

Sein anfängliches Sträuben gegen die Religion hatte drei verschiedene Ausgangspunkte. Erstens war es überhaupt, wovon wir schon Beispiele gesehen haben, seine Art, alle Neuheiten abzuwehren. Er verteidigte jede einmal eingenommene Libidoposition in der Angst vor dem Verlust bei ihrem Aufgeben und im Mißtrauen gegen die Wahrscheinlichkeit eines vollen Ersatzes durch die neu zu beziehende. Es ist das eine wichtige und fundamentale psychologische Besonderheit, die ich in den *Drei Abhandlungen zur Sexualtheorie* als Fähigkeit zur *Fixierung* aufgestellt habe. Jung hat sie unter dem Namen der psychischen »Trägheit« zur Hauptverursachung aller Mißerfolge der Neurotiker machen wollen. Ich glaube, mit Unrecht, sie reicht viel weiter hinaus und spielt auch im Leben nicht Nervöser ihre bedeutsame Rolle. Die Leichtbeweglichkeit oder Schwerflüssigkeit der libidinösen, und ebenso der andersartigen Energiebesetzungen ist ein besonderer Charakter, der vielen Normalen und nicht einmal allen Nervösen eignet, und der bisher noch nicht in Zusammenhang mit anderem gebracht ist, etwas wie eine Primzahl nicht weiter zerteilbares. Wir wissen nur das eine, daß die Eigenschaft der Beweglichkeit psychischer Besetzungen mit dem Lebensalter auffällig zurückgeht. Sie hat uns eine der Indikationen für die Grenzen der psychoanalytischen Beeinflussung geliefert. Es gibt aber Personen, bei denen diese psychische Plastizität weit über die gewöhnliche Altersgrenze hinaus bestehen bleibt, und andere, bei denen sie sehr frühzeitig verloren geht. Sind es Neurotiker, so macht man mit Unbehagen die Entdeckung, daß unter scheinbar gleichen Verhältnissen bei ihnen Veränderungen nicht rückgängig zu machen sind, die man bei anderen mit Leichtigkeit bewältigt hat. Es ist also auch bei den Umsetzungen psychischer Vorgänge der Begriff einer *Entropie* in Betracht zu ziehen, deren Maß sich einer Rückbildung des Geschehenen widersetzt.

Einen zweiten Angriffspunkt bot ihm die Tatsache, daß die Religionslehre selbst kein eindeutiges Verhältnis zu Gott-Vater zu ihrer Grundlage hat, sondern von den Anzeichen der ambivalenten Einstellung durchsetzt ist, welche über ihrer Entstehung gewaltet hat. Diese Ambivalenz spürte er mit der hochentwickelten eigenen heraus und knüpfte an sie jene scharfsinnige Kritik, welche uns von einem Kinde im fünften Lebensjahr so sehr Wunder nehmen mußte. Am bedeutsamsten war aber gewiß ein drittes Moment, auf dessen Wirkung wir die pathologischen Ergebnisse seines Kampfes gegen die Religion zurückführen dürfen. Die zum Manne drängende Strömung, welche von der Religion sublimiert werden sollte, war ja nicht mehr frei, sondern zum Teil durch Verdrängung abgesondert und damit der Sublimierung entzogen, an ihr ursprüngliches sexuelles Ziel gebunden. Kraft dieses Zusammenhanges strebte der verdrängte Anteil sich den Weg zum sublimierten Anteil zu bahnen oder ihn zu sich herabzuziehen. Die ersten Grübeleien, die die Person Christi umspannen, enthielten bereits die Frage, ob dieser sublime Sohn auch das im Unbewußten festgehaltene sexuelle Verhältnis zum Vater erfüllen könne. Die Abweisungen dieses Bestrebens hatten keinen anderen Erfolg, als scheinbar blasphemische Zwangsgedanken entstehen zu lassen, in denen sich die körperliche Zärtlichkeit für Gott in der Form seiner Erniedrigung durchsetzte. Ein heftiger Abwehrkampf gegen diese Kompromißbildungen mußte dann zur zwanghaften Übertreibung aller der Tätigkeiten führen, in denen die Frömmigkeit, die reine Liebe zu Gott, ihren vorgezeichneten Ausweg fand. Endlich hatte die Religion gesiegt, aber ihre triebhafte Fundierung erwies sich unvergleichlich stärker als die Haftbarkeit ihrer Sublimierungsprodukte. Sowie das Leben einen neuen Vaterersatz brachte, dessen Einfluß sich gegen die Religion richtete, wurde sie fallen gelassen und durch anderes ersetzt. Gedenken wir noch der interessanten Komplikation, daß die Frömmigkeit unter dem Einfluß von Frauen entstand (Mutter und Kinderfrau), während männlicher Einfluß die Befreiung von ihr ermöglichte.

Die Entstehung der Zwangsneurose auf dem Boden der sadistisch-analen Sexualorganisation bestätigt im ganzen, was ich an anderer Stelle »über die Disposition zur Zwangsneurose« (1913 *i*) ausgeführt habe. Aber der vorherige Bestand einer starken Hysterie macht unseren Fall in dieser Hinsicht undurchsichtiger. Ich will die Übersicht über die Sexualentwicklung unseres Kranken beschließen, indem ich ein kurzes Streiflicht auf deren spätere Wandlungen werfe. Mit den Pubertätsjahren trat bei ihm die normal zu nennende, stark sinnliche, männliche Strömung mit dem Sexualziel der Genitalorganisation auf, deren Schicksale die Zeit bis zu seiner Späterkrankung füllen. Sie knüpfte direkt an die Gruschaszene an, entlehnte von ihr den Charakter zwanghafter, anfallsweise kommender und schwindender Verliebtheit und hatte mit den Hemmungen zu kämpfen, die von den Resten der infantilen Neurosen ausgingen. Mit einem gewaltsamen Durchbruch zum Weib hatte er sich endlich die volle Männlichkeit erkämpft; dies Sexualobjekt wurde von nun an festgehalten, aber er wurde des Besitzes nicht froh, denn eine starke, nun völlig unbewußte Hinneigung zum Manne, die alle Kräfte der früheren Phasen in sich vereinigte, zog ihn immer wieder vom weiblichen Objekt ab und nötigte ihn, in den Zwischenzeiten die Abhängigkeit vom Weib zu übertreiben. Er legte der Kur die Klage vor, daß er es beim Weibe nicht aushalten könne, und alle Arbeit richtete sich darauf, sein ihm unbewußtes Verhältnis zum Manne aufzudecken. Seine Kindheit war, um es formelhaft zusammenzufassen, durch das Schwanken zwischen Aktivität und Passivität ausgezeichnet gewesen, seine Pubertätszeit durch das Ringen um die Männlichkeit, und die Zeit von seiner Erkrankung an durch den Kampf um das Objekt der männlichen Strebung. Der Anlaß seiner Erkrankung fällt nicht unter die »neurotischen Erkrankungstypen«, die ich als Spezialfälle der »Versagung« zusammenfassen konnte, und macht so auf eine Lücke in dieser Reihenbildung aufmerksam. Er brach zusammen, als eine organische Affektion des Genitales seine Kastrationsangst aufleben machte, seinem Narzißmus Abbruch tat und ihn zwang, die Erwartung einer persönlichen Bevorzugung durch das Schicksal aufzugeben. Er erkrankte also an einer narzißtischen »Versagung«. Diese Überstärke seines Narzißmus stand in vollem Einklang mit den anderen Anzeichen einer gehemmten Sexualentwicklung, daß seine heterosexuelle Liebeswahl bei aller Energie so wenig psychische Strebungen in sich konzentrierte, und daß die homosexuelle Einstellung, die dem Narzißmus um so vieles näher liegt, sich als unbewußte Macht bei ihm mit solcher Zähigkeit behauptet hatte. Natürlich kann die psychoanalytische Kur bei solchen Störungen nicht einen momentanen Umschwung und eine Gleichstellung mit einer normalen Entwicklung herbeiführen, sondern nur die Hindernisse beseitigen und die Wege gangbar machen, damit die Einflüsse des Lebens die Entwicklung nach den besseren Richtungen durchsetzen können.

Als Besonderheiten seines psychischen Wesens, die von der psychoanalytischen Kur aufgedeckt, aber nicht weiter aufgeklärt und dementsprechend auch nicht unmittelbar beeinflußt werden konnten, stelle ich zusammen: die bereits besprochene Zähigkeit der Fixierung, die außerordentliche Ausbildung der Ambivalenzneigung, und als dritten Zug einer archaisch zu nennenden Konstitution die Fähigkeit, die verschiedenartigsten und widersprechendsten libidinösen Besetzungen alle nebeneinander funktionsfähig zu erhalten. Das beständige Schwanken zwischen denselben, durch welches Erledigung und Fortschritt lange Zeit ausgeschlossen erschienen, beherrschten das Krankheitsbild der Spätzeit, das ich ja hier nur streifen konnte. Ohne allen Zweifel war dies ein Zug aus der Charakteristik des Unbewußten, der sich bei ihm in die bewußt gewordenen Vorgänge fortgesetzt hatte; aber er zeigte sich nur an den Ergebnissen affektiver Regungen, auf rein logischen Gebieten bewies er vielmehr ein besonderes Geschick in der Aufspürung von Widersprüchen und Unverträglichkeiten. So empfing man von seinem Seelenleben einen Eindruck, wie ihn die altägyptische Religion macht, die dadurch für uns so unvorstellbar wird, daß sie die Entwicklungsstufen neben den Endprodukten konserviert, die ältesten Götter und Gottesbedeutungen wie die jüngsten fortsetzt, in eine Fläche ausbreitet, was in anderen Entwicklungen zu einem Tiefengebilde wird.

Ich habe nun zu Ende gebracht, was ich über diesen Krankheitsfall mitteilen wollte. Nur noch zwei der zahlreichen Probleme, die er anregt, scheinen mir einer besonderen Hervorhebung würdig. Das erste betrifft die phylogenetisch mitgebrachten Schemata, die wie philosophische »Kategorien« die Unterbringung der Lebenseindrücke besorgen. Ich möchte die Auffassung vertreten, sie seien Niederschläge der menschlichen Kulturgeschichte. Der Ödipuskomplex, der die Beziehung des Kindes zu den Eltern umfaßt, gehört zu ihnen, ist vielmehr das bestgekannte Beispiel dieser Art. Wo die Erlebnisse sich dem hereditären Schema nicht fügen, kommt es zu einer Umarbeitung derselben in der Phantasie, deren Werk im einzelnen zu verfolgen, gewiß nutzbringend wäre. Gerade diese Fälle sind geeignet, uns die selbständige Existenz des Schemas zu erweisen. Wir können oft bemerken, daß das Schema über das individuelle Erleben siegt, so wenn in unserem Falle der Vater zum Kastrator und Bedroher der kindlichen Sexualität wird, trotz eines sonst umgekehrten Ödipuskomplexes. Eine andere Wirkung ist es, wenn die Amme an die Stelle der Mutter tritt oder mit ihr verschmolzen wird. Die Widersprüche des Erlebens gegen das Schema scheinen den infantilen Konflikten reichlichen Stoff zuzuführen.

Das zweite Problem liegt von diesem nicht fernab, es ist aber ungleich bedeutsamer. Wenn man das Verhalten des vierjährigen Kindes gegen die reaktivierte Urszene in Betracht zieht, ja wenn man nur an die weit einfacheren Reaktionen des 1½jährigen Kindes beim Erleben dieser Szene denkt, kann man die Auffassung schwer von sich weisen, daß eine Art von schwer bestimmbarem Wissen, etwas wie eine Vorbereitung zum Verständnis, beim Kinde dabei mitwirkt. Worin dies bestehen mag, entzieht sich jeder Vorstellung; wir haben nur die eine ausgezeichnete Analogie mit dem weitgehenden *instinktiven* Wissen der Tiere zur Verfügung.

Gäbe es einen solchen instinktiven Besitz auch beim Menschen, so wäre es nicht zu verwundern, wenn er die Vorgänge des Sexuallebens ganz besonders beträfe, wenngleich er auf sie keineswegs beschränkt sein kann. Dieses Instinktive wäre der Kern des Unbewußten, eine primitive Geistestätigkeit, die später durch die zu erwerbende Menschheitsvernunft entthront und überlagert wird, aber so oft, vielleicht bei allen, die Kraft behält, höhere seelische Vorgänge zu sich herabzuziehen. Die Verdrängung wäre die Rückkehr zu dieser instinktiven Stufe, und der Mensch würde so mit seiner Fähigkeit zur Neurose seine große Neuerwerbung bezahlen und durch die Möglichkeit der Neurosen die Existenz der früheren instinktartigen Vorstufe bezeugen. Die Bedeutung der frühen Kindheitstraumen läge aber darin, daß sie diesem

Unbewußten einen Stoff zuführen, der es gegen die Aufzehrung durch die nachfolgende Entwicklung schützt.

Ich weiß, daß ähnliche Gedanken, die das hereditäre, phylogenetisch erworbene Moment im Seelenleben betonen, von verschiedenen Seiten ausgesprochen worden sind, ja ich meine, daß man allzu bereit war, ihnen einen Platz in der psychoanalytischen Würdigung einzuräumen. Sie erscheinen mir erst zulässig, wenn die Psychoanalyse in Einhaltung des korrekten Instanzenzuges auf die Spuren des Ererbten gerät, nachdem sie durch die Schichtung des individuell Erworbenen hindurchgedrungen ist Geboren am Weihnachtstag.

1½ Jahre: Malaria. Beobachtung des Koitus der Eltern oder jenes Beisammenseins derselben, in das er später die Koitusphantasie eintrug.

Kurz vor 2½ Jahren: Szene mit Gruscha.

2½ Jahre: Deckerinnerung an Abreise der Eltern mit Schwester. Sie zeigt ihn allein mit der Nanja und verleugnet so Gruscha und Schwester.

Vor 3¼ Jahren: Klage der Mutter vor dem Arzt.

3¼ Jahre: Beginn der Verführung durch die Schwester, bald darauf Kastrationsdrohung der Nanja.

3½ Jahre: Die englische Gouvernante, Beginn der Charakterveränderung.

4 Jahre: Wolfstraum, Entstehung der Phobie.

4½ Jahre: Einfluß der biblischen Geschichte. Auftreten der Zwangssymptome.

Kurz vor 5 Jahren: Halluzination des Fingerverlustes.

5 Jahre: Verlassen des ersten Gutes.

Nach 6 Jahren: Besuch beim kranken Vater.

8 Jahre und 10 Jahre: Letzte Ausbrüche der Zwangsneurose.

Meine Darstellung hat es leicht gemacht zu erraten, daß der Patient Russe war. Ich entließ ihn nach meiner Schätzung als geheilt wenige Wochen vor dem unerwarteten Ausbruch des Weltkrieges und sah ihn erst wieder, als die Wechselfälle des Krieges den Zentralmächten den Zugang nach Südrußland eröffnet hatten. Dann kam er nach Wien und berichtete von einem unmittelbar nach Beendigung der Kur aufgetretenem Bestreben, sich vom Einfluß des Arztes loszureißen. In einigen Monaten Arbeit wurde nun ein noch nicht überwundenes Stück der Übertragung bewältigt; seither hat der Patient, dem der Krieg Heimat, Vermögen und alle Familienbeziehungen geraubt hatte, sich normal gefühlt und tadellos benommen. Vielleicht hat gerade sein Elend durch die Befriedigung seines Schuldgefühls zur Befestigung seiner Herstellung beigetragen.